Still
Tomorrow

余秀华
诗选

余秀华——

著

摇
摇
的 晃
人 晃
间

湖南文艺出版社

图书在版编目（CIP）数据

摇摇晃晃的人间 ：余秀华诗选 / 余秀华著. -- 长沙 ：湖南文艺
出版社，2018.2（2025.4重印）

ISBN 978-7-5404-8274-9

Ⅰ．①摇… Ⅱ．①余… Ⅲ．①诗集－中国－当代 Ⅳ．① I227

中国版本图书馆CIP数据核字(2017)第311756号

摇摇晃晃的人间 余秀华诗选

YAOYAOHUANGHUANG DE RENJIAN YU XIUHUA SHIXUAN

出 版 人	陈新文
策划出版	陈新文
责任编辑	陈新文　唐　明　冯　博
整体设计	天行健设计
版式设计	吴学军　张　怡　袁学嘉　王　晓　朱振婵　刘云霞　袁建湘
排版制作	嘉泽文化　百愚文化

出版发行	湖南文艺出版社
地　　址	长沙市雨花区东二环一段508号　　邮编：410014
网　　址	http://www.hnwy.net
经　　销	新华书店

印　　刷	长沙超峰印刷有限公司
版　　次	2018年2月第1版
印　　次	2025年4月第10次印刷
开　　本	880mm×1240mm　1/32
印　　张	11.5
字　　数	190千字
书　　号	ISBN 978-7-5404-8274-9
定　　价	58.00元

摇摇晃晃的人间

（自序）

一直深信，一个人在天地间，与一些事情产生密切的联系，再产生深沉的爱，以至无法割舍，这就是一种宿命。比如我，在诗歌里爱着，痛着，追逐着，喜悦着，也有许多许多失落——诗歌把我生命所有的情绪都联系起来了，再没有任何一件事情让我如此付出，坚持，感恩，期待，所以我感谢诗歌能来到我的生命，呈现我，也隐匿我。

真的是这样：当我最初想用文字表达自己的时候，我选择了诗歌。因为我是脑瘫，一个字写出来也是非常吃力的，它要我用最大的力气保持身体平衡，并用最大力气让左手压住右腕，才能把一个字扭扭曲曲地写出来。而在所有的文体里，诗歌是字数最少的一个，所以这也是水到渠成的一件事情。

而那时候的分行文字还不能叫做诗歌，它只是让我感觉喜欢的一些文字，当那些扭扭曲曲的文字写满一整本的时候，我是那么快乐。我把一个日记本的诗歌给我老师看的时候，他给我的留言是：你真是个可爱的小女生，生活里的点点滴滴都变成了诗歌。这简简单单的一句话让我非常感动，一个人能被人称赞可爱就够了。我认定这样的可爱会跟随我一生，事实也是这样。

　　于我而言，只有在写诗歌的时候，我才是完整的，安静的，快乐的。其实我一直不是一个安静的人，我不甘心这样的命运，我也做不到逆来顺受，但是我所有的抗争都落空，我会泼妇骂街，当然，我本身就是一个农妇，我没有理由完全脱离它的劣根性。但是我根本不会想到诗歌会是一种武器，即使是，我也不会用，因为太爱，因为舍不得。即使我被这个社会污染得没有一处干净的地方，而回到诗歌，我又干净起来。诗歌一直在清洁我，悲悯我。

　　我从来不想诗歌应该写什么，怎么写。当我为个人的生活着急的时候，我不会关心国家，关心人类。当我某个时候写到这些内容的时候，那一定是它们触动了、温暖了我，或者让我真正伤心了，担心了。一个人生活得好，说明社会本身就是好的，反之亦然。作为我，一个残疾得很明显的人，社会对我的宽容度就反映了社会的健全度。所以我认为只要我认真地活着，我的诗歌就有认真出来的光泽。

比如这个夜晚，我写这段与诗歌有关的文字，在嘈杂的网吧，没有人知道我内心的快乐和安静。在参加省运会（我是象棋运动员）培训的队伍里，我是最沉默寡言的，我没有什么需要语言表达，我更愿意一个人看着天空。活到这个年纪，说的话已经太多太多。但是诗歌一直跟在身边，我想它的时候，它不会拒绝我。

而诗歌是什么呢，我不知道，也说不出来，不过是情绪在跳跃，或沉潜。不过是当心灵发出呼唤的时候，它以赤子的姿势到来，不过是一个人摇摇晃晃地在摇摇晃晃的人间走动的时候，它充当了一根拐杖。

余秀华

目录
contents

目录
contents

目录
contents

目录
contents

目录
contents

目录
contents

目录
contents

目录
contents

目录
contents

辑

一

不再归还的九月

我 爱 你

巴巴地活着，每天打水，煮饭，按时吃药

阳光好的时候就把自己放进去，像放一块陈皮

茶叶轮换着喝：菊花，茉莉，玫瑰，柠檬

这些美好的事物仿佛把我往春天的路上带

所以我一次次按住内心的雪

它们过于洁白过于接近春天

在干净的院子里读你的诗歌。这人间情事

恍惚如突然飞过的麻雀儿

而光阴皎洁。我不适宜肝肠寸断

如果给你寄一本书，我不会寄给你诗歌

我要给你一本关于植物，关于庄稼的

告诉你稻子和稗子的区别

告诉你一棵稗子提心吊胆的

春天

我养的狗，叫小巫

我跛出院子的时候，它跟着

我们走过菜园，走过田埂，向北，去外婆家

我跌倒在田沟里，它摇着尾巴

我伸手过去，它把我手上的血舔干净

他喝醉了酒，他说在北京有一个女人

比我好看。没有活路的时候，他们就去跳舞

他喜欢跳舞的女人

喜欢看她们的屁股摇来摇去

他说，她们会叫床，声音好听。不像我一声不吭

还总是蒙着脸

我一声不吭地吃饭

喊"小巫，小巫"，把一些肉块丢给它

它摇着尾巴，快乐地叫着

他揪着我的头发，把我往墙上磕的时候

小巫不停地摇着尾巴

对于一个不怕疼的人，他无能为力

我们走到了外婆屋后

才想起，她已经死去多年

我曾经敞开的，还没有关闭

我不想让玫瑰再开一次，不想让你再来一遍

风不停地吹，春天消逝得快，又是初夏了

吹过我村庄的风吹过你的城市

流过我村庄的河流流过你的城市

但是多么幸运，折断过我的哀伤没有折断过你

偶尔，想起你。比如这个傍晚

我在厨房吃一碗冷饭的时候，莫名想起了你

刹那泪如雨下。

这无法回还的生疏是不能让我疼的

再不相见就各自死去也不能让我疼啊

陌生的人间，这孤独也不能叫我疼了

真是说不出来还有什么好悲伤

浩荡的春光里，我把倒影留下了

把蛊惑和赞美一并举起了

生命之扣也被我反复打过死结

然后用了整个过程，慢慢地，慢慢松开

但是这个世界你我依旧共存

还是一件不可思议的事情

杏　　花

恰如，于千万人里一转身的遇见：街灯亮起来

暗下去的时候已经走散

孤单。热闹。一朵试图落进另一朵蕊里

用去了短暂的春天

——我们被不同的时间衔在嘴里，在同一个尘世

跌跌撞撞

多么让人不甘啊：我不过从他的额头捡下一个花瓣

他不再说话

但是那么多人听见了他的声音

——一棵树死了，另一棵长出来。一个人走了

另一个走过来

一个果子落了，一朵花开出来

我们长泣。悲欢于落满尘垢的一生，寂寥，短暂

那些散落的结绳

不过是反过来，看着它腐烂，消逝

今夜有风。流言适于内心，尊严也如此

家门口有一棵杏树，是很好的一件事情

每个人都有一枝桃花

不一定，每个人都有一个春天。不一定他的肋骨上

会长出一个女子。不一定这个女子妖媚

在风起之时挥动手帕

但我相信，每个人都有一枝桃花，结出果子以后

还是花的模样，好像那些溃败的命运

把灯盏举出暗夜的水面

一个人的死，是一个桃子掉落的过程

那团出走的光，一定照见了某一段归程

一滴香抖落红尘几十载，在一个轮回里重新坐胎

比如我，每个春天都忍不住叫一叫桃花

和它的距离不至于遥远，不陷于亲近

只是我已经拒绝了所有的形容词，让它在每

一段岁月

沉溺于当时的模样

比如此刻，我想起那些满是尘埃的诗句

对一朵桃花再没有一点怀疑

不再归还的九月

仙人掌还在屋顶，一河星光还在

诗句里，你保持着微风里飘动的衣袖

我们长久地沉默，不过是疼痛不再

每天吃盐，有的身体病了，有的却胖了

那匹马一过河就看不见了

风还在吹，我不知道它多长了

一个坟头的草黄了三次，火车过去了

我记不清楚给过你些什么

想讨回，没有证据了

我们说出了同样的话——

我想过你衰老的样子

但还是，出乎意料

一 张 废 纸

她从来就不关心政治。不关心雨天里

一条鱼会把一个岛屿驮到哪里，所以她也不关心地理

出了村子，太阳就从不同的方位升起来

但是只要不妨碍她找到情人巷54号，那么

她就不会关心一个男人的身体，以及潮水退却

留在沙滩上的死鱼

她更不关心死亡，和年年攀升的墓地价

所以疾病时常不被考虑，直到动弹不得

取不到阳台上的内衣

饮食不被计较，青菜上的农药，地沟油，三聚氰胺

比真正的悲伤轻多了

你能把我怎样？如同问一份过期爱情

你关心什么呢？他紧追不舍地问

她低头，看见了纸篓里的一张废纸，画了几笔色

涂了几个字

皱皱巴巴的。仿佛它从来没有

白过

那么容易就消逝

我没有足够的理由悲哀了，也不愿为我现在的沉默

冠以"背信弃义"

嗯，我不再想他。哪怕他病了，死去

我的悲伤也无法打落一场泪水

从前，我是短暂的，万物永恒。从前，他是短暂的

爱情永恒。

现在，我比短暂长一点，爱情短了

短了的爱情，都是尘。

那么容易就消逝，如同谎言，也如同流言

今天我记得的是消逝的部分，如同一个啤酒瓶

就算重新拿起来，也是贱卖

或，摔碎的可能

河　床

水就那么落浅了，不在乎还有多少鱼和落花

到河床露出来，秋天也就到了

昨天我就看见瘦骨嶙峋的奶奶，身上的皮能拉很长

哦，她为我打开了一扇门，把风景一一指给我

她的体内有沉睡的螺丝，斑驳的木船

行走路线是忘记了。她说打了一个漩

还是在老地方

黄昏的时候，我喜欢一个人去河床上

看风里，一一龟裂的事物

或者，一一还原的事物

没有水，就不必想象它的源头，它开始时候的清，或浊

我喜欢把脚伸进那些裂缝，让淤泥埋着

久久拔不出来

仿佛落地生根的样子

南风吹过横店

这几天，南风很大。万物竞折腰

你看见秧苗矮下去，白杨矮下去，茅草矮下去

炊烟也矮了，屋脊没有矮，有飘摇之感，一艘船空着

鱼虾进进出出。哦，谁嗅到了此刻的横店村

溢出的腥味

有时候，我盘坐在星光灰暗的地方，不在意

身上的衣裳

一个村子没有那么容易倾塌，一个村民没有那么容易

交出泪水

嗯，我在的几十年，它就在。我消失的时候

它会给出一部分，让我带进泥土

但是不知道在哪个夜晚它又会长出来

一个村民没有那么容易说出爱，也不轻易

把一棵树从这个地方

搬到哪个地方

中 毒 者

每个上午，她就掘弃那些光亮：树上的，庄稼上的，水上的

同时隐匿那些风声：村口的，村中央的，她自己的

——作为一个曾经的造风者，她知道怎样隐匿更安全

既然如此，她一定能够为自己驱毒，如同蜜蜂反饮蜂蜜

哦，这一切多么简单。她坐在一片树叶上，让身体轻下去

让黑冒出来

这黑，如果经过化学分析，有多少种颜色啊

如果你信任，我就有三分之一的白，三分之一的红

三分之一的五颜六色

这些，一点也用不着隐藏

只有爱情是一个冒失鬼，总是找不到原始的那一个

于是她成为一个中毒者

在一个没有赤脚医生的村庄

向天空挥手的人

在喂完鱼以后，南风很大，大朵大朵的蓝被吹来

她看了一会儿鱼。它们在水里翻腾，挤压，一条鱼撞翻

另外一条

一朵浪撞翻另外一朵

如果在生活里，这该引起多大的事件

如果在爱情里，这会造成怎样的绝望

一定有云朵落在水里面了，被一条鱼喝进去了

如同此刻，悲伤落在她身上，被吸进了腹腔

或者那悲伤只因为南风大了，一个人还没有经过

她喂完了鱼，夕光缓慢了下来

风把她的裙子吹得很高，像一朵年华

随时倾塌

突然，她举起了手，向天空挥动

一直挥动。直到一棵树把她挡住

清 晨 狗 吠

客人还在远方。

而露水摇摇晃晃，在跌落的边缘

它急于吐出什么，急于贩卖昨夜盗取的月光

急于从没有散尽的雾霭里，找到太阳的位置

这只灰头土脑的狗

客人还在远方

庭院里积满了落叶，和一只迷路的蝴蝶

它在屋后叫唤，边叫边退

仿佛被一只魂灵追赶

仿佛它倒悬的姿势惊吓了它

我想起有多少日子耽于薄酒

那时候它歪着头看着我

我踹它：你这死物

面 对 面

就剩我和他了，许多人中途离场。许多羊抵

达了黄昏的草场

而风也静下去了，我的裙角仿佛兜起了愁苦

低垂，慌张。不，一些事情我一定要问清楚

你看，就剩我和他了

你曾经控告我：说我半夜偷了你的玫瑰

把一匹马的贞洁放进了井里。哦，你说你坍

塌的城墙

有我攀爬的痕迹

你说如果不是把心放在保险柜里，你如今都

缺了一部分

你说：我就是那个女匪么？

你说我绑架过你么，在你口渴的时候，我不曾想

用我的血供奉你么

你说我为此荒芜的青春有人偿还不

他不说话

他扭过头去，一言不发

屋顶上跳跃着几只麻雀

它们选择好降落的地址：鄂，划过葱郁的森林

小丘陵。正好看见了炊烟，红色的屋顶

哦，那个人还在梦中

我承认先看见了它们，再看见天空

再看见天空的蓝

然后看见蓝天下的云，很白，不动

我是看不见风的，如同爱是看不见的

但是树梢在摇动

我在院子里呆了一上午

它们的闲言碎语掉了很多在地面上

毫不在意。仿佛人间本该承载

它们不担心那片云会掉下来

它们是多深多深的水潭

我身体里也有一列火车

但是，我从不示人。与有没有秘密无关

月亮圆一百次也不能打动我。月亮引起的笛鸣

被我捂着

但是有人上车，有人下去，有人从窗户里丢果皮

和手帕。有人说这是与春天相关的事物

它的目的地不是停驻，是经过

是那个小小的平原，露水在清风里发呆

茅草屋很低，炊烟摇摇晃晃的

那个小男孩低头，逆光而坐，泪水未干

手里的一朵花瞪大眼睛

看着他

我身体里的火车，油漆已经斑驳

它不慌不忙，允许醉鬼，乞丐，卖艺的，或

什么领袖

上上下下

我身体里的火车从来不会错轨

所以允许大雪，风暴，泥石流，和荒谬

一个男人在我的房间里呆过

两支烟蒂留在地板上了，烟味还没有消散

还没有消散的是他坐在高板凳上的样子

跷着二郎腿

心不在焉地看一场武术比赛

那时候我坐在房门口，看云，看书

看他的后脑勺

他的头发茂密了几十年了，足以藏下一个女巫

我看他的后脑勺，看书，看云

我看到堂吉诃德进入荒山

写下信件，让桑乔带走，带给杜尔西内亚

然后他脱光衣服

撞击一块大石头

武术比赛结束，男人起身告辞

我看到两根烟都只吸了一半就扔了

不由

心灰意冷

辑
二

我还有多少个黎明

江　　边

流水。盛大的恐慌，哦，你的绝望太渺小

来历不明，非要承担流水

我们互相纠缠，彼此释放，把一根鱼骨头啃得

"哧哧"作响

这一天，我不相信流水

岸边的石头，芦苇，水鸟，一双红凉鞋

它们都会到达对岸

流水如死

即使被遗留

我也不会过多地去看它的流程

我们都老了，
你就没有一点点感动吗

不再游戏，不再发疯地跑到你楼下

不再被江边的一只水鸟无端惊起，对夕阳的光

也不再七拐八弯地描述

风起的时候，我们习惯把裙子和思想一同按下

下楼慢了，开电视慢了，对明天的计划

小心慎重

流云过了，流水也过了

当然，流言蜚语也跌到了低处

哦，你有斑驳之容，也有华美之姿

院子里的一棵树也有大片阴凉

我们都老了

我依然说我爱你

哦，这是多少年的深思熟虑

一个人的横店村

到了七月，万物葱茏。如果一个人沉湎往事

也会被一只蜜蜂刺伤

而往事又薄又脆，也不听任月光和风的摇晃

有时候去看看田地，有时候去看看坟墓

拎一瓶酒，走到半路上，天就黑了

谁能断定横店村地下没有一个海呢，而苦苦寻找

一片潮声的来历

哦，这些文艺范儿的小姿态，在一个人的村庄里

也有落地生根的趋势

如果一个石磨被背了几十年，就会染上一个
人的体味

时候什么也不看，天也黑下来
这贫穷的村子里，胡须一刻不停地生长
有时候把人悬在树上，有时候把人牵进土里

但是一些人依然会迎面走来：大志，三狗，
传友……
还是有墓没有盗，还是有鸡没有偷
还有没有睡过的女人，没有吹熄的灯火

当我对一个人示爱的时候，就如同摸一把横
店上空的云朵

而一块土坷垃

一定会绊倒我。而酒刚刚醒来

我摸到他诗歌里的一团白

他一定知道，我灵魂迁徙的方向。知道一只鸟

托着夜色起飞的负重感

文字成型的中午，他站在广袤的棉花地里

他的静默，是另一处等待，无名，无望，又热烈

而黄昏欺近。他诗歌里的词语有了时辰感

我说不清楚流泪的原因。生病的左手仿佛牵住了

他的衣角

隔着山岚与河流

也不知道一团白从何处来，照亮我的眼泪和无辜

生活让我们都无泼走更远的路，连抒情的声音也

越来越微弱

我想起在一场爱情里，我也这样流泪过

便把酒杯里的酒，都倒进了酒窝

女 人 的 马

最初，她是红色的，在木桥上摇摇晃晃

也可以被一只纸船驮到对岸。那时候它的耳朵夹

了一朵野花

对未来的日子满心欢喜

那个时刻，隔壁的阿强在河边摸虾，短裤的松紧

松了

滑到脚边

过了木桥，马就白了。她不知道它是怎么白的

她的裙子也是白的，忧伤也是白的，如一朵莲花

在风里飘飘摇摇。让人不好琢磨

她骑马穿过林荫道，总是想流泪

回来，马就变成褐色的了，她也不计较了

她喂它好饲料，让它饮最干净的月光，而它还

是瘦了

一段时间，马眼睛里都是忧伤，她就生火做饭

现在好了。它的眼睛里有了蓝天白云

她读诗的时候，它的耳朵不停地扇动

这一天，我失语了

他来的时候，我在晾衣裳。南风很大

总把我的一件露肩的花裙子吹落在地上

我也不知道我这把年纪了，还适不适合穿这

样的花裙子

但是我很认真地穿它，还担心很快

就把它的颜色穿掉了

他嘴角的微笑忽明忽暗，哦，我是感觉到的

不是看到的

我的眼睛只有在看天空的时候才是明亮的

——他知道我的心意？

或者只是看见了我胸口处的一大朵玫瑰？

他走的时候，我把裙子晾好了，用了两个衣架

现在它在风里胡乱地摇摆

如同一只被掐住的蝴蝶

蝴蝶老了是什么样子呢？

我看见天空，蓝得要命，没有一朵云

病　　体

他在对面的梯田上，拎一瓶酒

他的白衬衫装满了风。那时候太阳低了

大片的阴影覆盖过来。之所以能够看见他

是全部的秧苗都绿了，而他白得忘乎所以

他不是一个善饮的人，他的酒来历不明

60度，他看了看，对数字并不介意

如果天气到了60度会怎样呢？

哦，如果一个人的体温60度会怎样呢

杜鹃一声横鸣，他浑身一冷

烟呢

那个女人给了他一支烟，他没有点燃

那个女人咳嗽不停，颤抖半天

眼里的泪憋了半天

没有把烟点燃

我还有多少个黎明

好运气已经太多了，时光充裕，够哭好几场
比如黎明，我站在屋顶上，太阳一定会升起来

到了这把年纪，该说一说人生况味啦
我们把自己放进许多尾巴，说自己是一条
脱了毛的土狗

黎明总是匆匆忙忙赶来
连一个"老"字都来不及说
昨天的酒在我肚里摇晃了半宿

我一定不知道自己是怎么死的

我急急忙忙赶路，不知道身体里有了多少病毒

我还有多少黎明

这么一问，泄露了我奢侈的本性

省略了太多隐匿：一个酒壶里的事件

可是，我对明天清晨依然

深信不疑

假如开出一朵花

虽然在村庄，在没有车马经过的早晨

我还是不知道拿它怎么办

因为多么了解那个过程，从水里捧出火的坚决

和一开到底的绝望

我们都是开放过的人

被生活吞进去又吐出来，也被命运俘虏过

它总是有些瘦弱，被窥见的，被隐匿的

那些情感在选择合适的时候，合适的花瓣

这个时候，我是去追逐一列火车

还是一场雨水。我们对这个世界深信不疑

我总是情不自禁地说服自己

就让一朵花走进灯光，再隐退于黑暗

轮回到这里

彼此相望，各生慈悲心肠

无　题

对吐出的毒，我毫无羞耻之心

我的骨头在这一次次呕吐里白起来，白进月光

如同每个清晨，我双手合十，祈求神光

抵达心脏

把我在尘世里的积垢一一洗去，让一棵树

在这里婆娑

然而这爱依旧。仿佛不能隐退于光芒的尘埃

背叛，肮脏，眼泪，罪恶一直在我们的肉体里

让我们不得不恨，也不得不爱

我把毒吐在正午，阳光盛大的时候

这不加掩饰的罪恶，我毫无羞耻之心

虽然我不知道我肉体的溃烂会不会在这一次

次疼痛里

慢慢复原

水　瓶

整个房间，唯一能抓住我，久久不放的就是这个
五块钱买回的水瓶
我们也有过相爱的日子，我给它玫瑰，给它茉莉
让它在沸腾的水温里丢掉颜色，羞赧，和端正的
样子

此刻，它在我手边，不指望说出什么
昨天我把酒倒了进去
面对我这个大逆不道的刽子手，它一言不发
哦，得了吧。我说，这世界成千上万的药，我没
有装进去过

它们在我的身体里

倒是倒不出来的

它的蓝有了斑驳，仿佛生活。不管多爱惜

我已经很久没有喝茶了，玫瑰长霉了

但是在这个简陋的房间里，我想起有玫瑰在呢

总是莫名欢喜

欢喜得它想给我一个耳光，并大段陈词，说我

对一段爱情

不能善始善终

在哪里能遇见你

在一个上坡，在黄昏的寂寞里

在人到中年的小心翼翼

而我，还是那个身披霞光的人

雨水流过山岚，孤独如杜鹃开放

想起你，如一团蜜，甜到苦

我们的缄默各有原因

可是，有的故事不能用方言讲述

如同你。你怀里的花朵藏着枯萎

不碰，我们彼此是彼此

一碰，它就落

即使遇见，我也不能改变蝴蝶的习性

你也不会知道它为何飞过

沧海

为何在你的疑问里

招来一场雨水

富　　翁

常常有说不出的喜悦，仿佛一辈子挥霍不尽

当我从屋后经过一个树林，陷入辽阔的荒原

偶尔看见一两个小小的羊群，看见小女孩或者

垂垂老者

这时候天空晴朗，风移动着几片云影

那时候我们都在一只船上，在整个大地上微微

荡漾

如果黄昏来临，乌鸦飞得很低，乌云也低下来

我知道这个时候天空也俯下身体，神的底座时

隐时现

我整个秘密一定被截取

如同我也获知闪电的居潭一样

此刻，长久的幸福会在我心底盘旋

我愿意放手在红尘中一路跟随的伙伴

只被这荒原认领

哦，七月

这些漫长的白日啊，再没有梦可以做

耕种的人和收获的人都隐匿了起来，我将长

久地孤独下去

皮肤表面，是触不到往年的热了

如果还有爱情经过，它一定是冷凉的

像温度计刚刚塞进腋窝的时候

哦，我已经无病可医了，但不妨碍我做一个

病号

其实南风里我们无事可做。心情赎了回来

但是命运没有改变河道

也不容易涨一次潮了，也不会摸到

一条鱼的光滑

但是这些没有妨碍我们逸享以后的日子

我首先露出了纸质身体

足以写许多谎言，写到你信以为真

嘲　　弄

这些，都是可以被熄灭的，白日梦，灯盏，飞
行的速度

包括这一句一句的诗歌

这些，都是可以被打碎的，明天，世界，内心
的次序

和去世界各地遨游的计划

哦，我这个没有出息的女人，反复死去，复活

我把生死捏在手心

它炙热起来，我就忍不住大声叫喊，仿佛我的
贞洁

还有被维护的必要

如果此刻，你来敲我的门呢，如果月色刚刚

好呢

好到我恰恰见过的程度

我们都在腐朽，下一刻无法挽回了

该怎么给你呢，你还是比这一切都鲜活

你去告诉他们吧

我真是无可救药

雨　　夜

怀抱灯盏的人坐在麦芒上，村庄又苦又重

马匹上午就经过了，月光和盐都没有卸下

她衣衫褴褛，一颗破旧的灵魂从

祠堂前面低头经过

水上面还有打坐的人，他的经文漏水

那个把乳房呈现给他的人此刻

半身落水

大片的雷声憋在腹腔

一棵树会在何时怀上花朵，一条蛇会在哪里

劫取彩虹

　　大风经过午夜，万物竞折腰

　　有多少哭声和阴谋一笔带过

　　而我的细微的哀愁

　　多像对黑夜的一种成全

辑
三

你没有看见我被遮蔽的部分

抒情·盲目

总是在遇见你的时候，世界暗淡，枯萎

仿若我吐出了多年的毒

于是忧伤翻倍，让我顾此失彼

期待尘世的光照耀，多么奢侈啊

——我要在傍晚的时候走进你的菜园

在白菜上捉虫

而这些想象，和你不经意的一瞥

都被我捡进了诗里

这是一条岔路

但我总有一些忧伤的，如熟透的果实

一晃，就掉落

雨一下，就腐烂

我还是要在傍晚的时候去看看你

把这绝望再

重复一遍

一只乌鸦飞过中年的黄昏

慢下来了。云和风都慢了下来，草木低头的
弧度

包括她腋下的闪电

美被过度利用，有了疲惫感，不动声色

一棵树绿出了暗淡，而没有留意到乌鸦投下
的影子

光线也慢了，在风里摇摆

我是能够抓住它的，且在晚餐的时候把它吃
进去

乌鸦越飞越低，最终被田野的空旷吸了进去

我发了一会儿呆

就原路返回

此刻，月光洒在中年的庭院

　　一个人进屋，关门，用手挡住庭院的月光

　　停滞的事物已经够人受的了，还有更多的正在停下来

　　一个人到了能吃进铅的年纪，才不管身体是不是越来越重

　　一些词的辩证让人头昏脑涨。还有让人胆战心惊的青春

　　及它流逝的样子

　　哦，如果返回去，他依然不知道把一个家放在谁心上

一个人就是一片荒原，偶尔有房客，有雷声

有春暖花开

它们凋谢的速度比绽开的决心快多了，如一个

个虫眼

疼到晚餐的时间

那时候有马匹，有革命，有暴乱和叛徒

他恶狠狠地把自己扭起来，再犹犹豫豫地摸平

再试探着重新长出草，覆盖流逝的水土

和地面深处的岩浆

如今，他该有的都有了

这是风不时地吹来，没有谁看到他的慌张

屋后几棵白杨树

有风和无风，它们的样子是差不多的

我更喜欢它们有风的时候

一片叶子会撞到另一片叶子

一群叶子会撞到另一群叶子

却和鱼一样，没有倾覆的可能

夏天的时候，一个村庄的天空蓝过另一个村庄的

站在白杨树下面，它们很高

炊烟飘起来，和它们差不多

它们苍翠的样子让人觉得生而有福

觉得一辈子不会缺水

它们的字典里没有"凋谢"的词组

这就省了不少事情

当我在屋后的半坡上看它们

它们就矮了，矮到不会触碰任何一场事故

而屋子就是匍匐着的

仿佛这样易于 ·场风过境

也易于人上屋顶翻看破损的瓦片

以及死后，对门楣的辨认

这个上午，我就看着它们

似乎不该有多一点点的哀愁

乡村的鸟飞得很低

我在斜坡上看见它们飞得很低

有时候比白杨树高一点，而白杨树总是含着羞赧

它们从天空并没有捞到什么好处

有时候它们飞过我的头顶

一声叫喊落下来，我也不会相信天上的云

落下来了

来自早年的绝望如一个泥潭

我以为腋生两翼就能飞过人间

如果顺风，就能抵达太平洋，一路花草繁茂

那些在草地上蹦来蹦去的麻雀儿

给了我对事物怀疑的快乐

翅膀来自哪里

它们说：飞得高有什么用呢

饿的时候

就会落下来

一 包 麦 子

第二次，他把它举到了齐腰的高度

滑了下去

他骂骂咧咧，说去年都能举到肩上

过了一年就不行了？

第三次，我和他一起把一包麦子放到他肩上

我说：爸，你一根白头发都没有

举不起一包小麦

是骗人呢

其实我知道，父亲到九十岁也不会有白发

他有残疾的女儿，要高考的孙子

他有白头发

也不敢生出来啊

可疑的身份

无法供证呈堂。我的左口袋有雪，右口袋有火

能够燎原的火，能够城墙着火殃及池鱼的火

能够覆盖路，覆盖罪恶的雪

我有月光，我从来不明亮。我有桃花

从来不打开

我有一辈子浩荡的春风，却让它吹不到我

我盗走了一个城市的化工厂，写字楼，博物馆

我盗走了它的来龙去脉

但是我一贫如洗

我是我的罪人，放我潜逃

我是我的法官，判我禁于自己的灵

我穿过午夜的郢中城

没有蛛丝马迹

你没有看见我被遮蔽的部分

春天的时候，我举出花朵，火焰，悬崖上的树冠

但是雨里依然有寂寞的呼声，钝器般捶打在向晚的云朵

总是来不及爱，就已经深陷。你的名字被我咬出血

却没有打开幽暗的封印

那些轻省的部分让我停留：美人蕉，黑蝴蝶，水里的倒影

我说：你好，你们好。请接受我躬身一鞠的爱

但是我一直没有被迷惑，从来没有

如同河流，在最深的夜里也知道明天的去向

但是最后我依旧无法原谅自己，把你保留得

如此完整

那些假象你还是不知道的好啊

需要多少人间灰尘才能掩盖住一个女子

血肉模糊却依然发出光芒的情意

匪

他的刀架在我脖子上了，而我依旧在一个茧里

做梦

——八万里河山阳光涌动。

我的嫁妆，那些银器粼光斑斓

交出来！

他低吼。我确信有一盏灯把我渡到此刻

他的眼神击穿了我

不管一击而毙还是凌迟，我不想还击

能拿走的，我都愿意给

在这样风高月黑的夜里，只有抵当今生

只有抵当今生

才不负他为匪一劫

溺 水 的 狼

一匹狼在我的体内溺水，而水

也在我的体内溺水

你如何相信一个深夜独坐的女人，相信依然

从她的身体里取出明艳的部分

我只是把流言，诤言都摁紧在胸腔

和你说说西风吹动的事物

最后我会被你的目光蛊惑

掏出我浅显的一部分作为礼物

我只是不再救赎一只溺水的狼

让它在我的身体里抓出长长的血痕

你说，我喝酒的姿势

多么危险

下午，摔了一跤

提竹篮过田沟的时候，我摔了下去

一篮草也摔了下去

当然，一把镰刀也摔下去了

鞋子挂在了荆棘上，挂在荆棘上的

还有一条白丝巾

轻便好携带的白丝巾，我总预备着弄伤了手

好包扎

但十年过去，它还那么白

赠我白丝巾的人不知去了哪里

我摔在田沟里的时候想起这些，睁开眼睛

云白得浩浩荡荡

散落一地的草绿得浩浩荡荡

在打谷场上赶鸡

然后看见一群麻雀落下来，它们东张西望

在任何一粒谷面前停下来都不合适

它们的眼睛透明，有光

八哥也是成群结队的，慌慌张张

翅膀扑腾出明晃晃的风声

它们都离开以后，天空的蓝就矮了一些

在这鄂中深处的村庄里

天空逼着我们注视它的蓝

如同祖辈逼着我们注视内心的狭窄和虚无

也逼着我们深入九月的丰盈

我们被渺小安慰，也被渺小伤害

这样活着叫人放心

那么多的谷子从哪里而来

那样的金黄色从哪里来

我年复一年地被赠予，被掏出

当幸福和忧伤同呈一色，我乐于被如此搁下

不知道与谁相隔遥远

却与日子没有隔阂

星 宿 满 天

这爱的距离，不会比在尘世里爱一个人

遥远

也不会比爱着一个人的时候幽暗

我只是对这长久的沉默着迷

也深陷于这无垠的空旷里的一声叹息

和这叹息里万物起伏的身影

我们不停运行，并听到浩渺水声

只有一种注定：我在拥抱你之前

即化成灰

只有一种愿意：在伤口撕开之前

泯灭了此

只有此刻，我不用遥望的姿势

而是在不停穿行

你是知道的，在万千花朵里把春天找出来

需要怎样的虔诚

这 一 天

风从田野里捎来清晨，捎来苹果的味道

如此透亮的日子，当赠一壶忧伤

淡淡热气浮悬，苦而不致刺喉

这一天因为预备过久而大而厚

如同我处在的江汉平原

连落日也大过其他的地方

可是，仪式又过于简单：

我的手陷在你手里

你此刻的衰老，疲惫陷在我眼里

时间消逝的过程如此神奇

当我看不见你的脚的时候

想突然抱住你

——你必须允许我犯罪

我把前半生和以后的光亮

都聚集在了这一天

瓷

我的残疾是被镌刻在瓷瓶上的两条鱼

狭窄的河道里,背道而行

一白一黑的两条鱼

咬不住彼此的尾巴,也咬不住自己的尾巴

黑也要,白也要

我只能哑口无言,不设问,不追问

它们总是在深夜游过瓷瓶上的几条裂缝

对窥见到的东西,绝口不提

假如我是正常的,也同样会被镌刻于此

让人无从抱怨

割不尽的秋草

我不再注意那些秋草，不再关心它们没及我

的脖子

在大地上割草，从春到秋

而土地的秘密越藏越紧。甚至伤口都是谎言

除了与你，我与大地上的一切靠得很近

比如这个下午，一群人抬着棺材经过

他们把云朵扯下来，撒得到处都是

割完草，我倒在荒草里，它们藏起我

比任何事情藏起我都容易多了

我这空荡荡的皮囊，连欲望都泄了一半的气

只是忧伤没有这人生潦草。草里露出几个空酒瓶

我忘了什么时候喝的

它们杯口朝北，在风里打出幽暗的口哨

除了割草，我几乎无事可做

甚至面对天空交出自己也是多余的事情

一个人身上是层层叠叠的死亡和重生

辑
四

我们在夜色里去向不明

爱

我们说到爱，说到相见，仿佛大地给了我们

容身之所

不断靠近的星群，头顶上的流水之声

甚至汇涌到秋天庄园里的花朵

这些惊悚之美，没留下回报的余地

这之前，我爱过白露，白露下寂静的墓园

爱辽长的黄昏，和悲哀的鸦群

爱雨水之前，大地细小的裂缝

也爱母亲晚年掉下的第一颗牙齿

我没有告诉过你这些。这么辽阔的季节

我认同你渺小的背影

以及他曾经和将要担当的成分

在我们腐朽的肉体上

没有遭受禁锢的：自由和爱

这滚了一辈子的玉珠，始终没有滚出我们的

身体

为了获得，我们献出青春

为了证明，我们接受衰老

而这心灵，依旧奔赴在路上：与你相遇

谈论诗歌和仰望星辰

时间停顿的部分，总是让人哽咽

这腐朽的肉体想给的答案，一直在雨里

我一直无法压抑

以腐朽亲吻你肉体的冲动

如何让你爱我

如何让你爱我，在我日渐衰老的时候

篱笆上的牵牛花兀自蓝着

比天空多些忧伤的蓝

如何让你爱我，在我更为孤单的时辰

村子里的谷子已经收割，野草枯黄繁茂

你在满天星宿里

怎么能找到来路？

我只有一颗处女般的内心了

它对尘世依旧热爱，对仇恨充满悲悯

而这些，在这孤独的横店村

仿佛就是在偷情

许多人知道，没有人说出

我不知道爱过又能如何，但是我耐心等着

这之前，我始终跟顺一种亮光

许多绝望就不会在体内长久停留

甚至一棵野草在我身体上摇曳

我都觉得

这是美好的事情

田　　野

1.

这是在八月，在鄂中部，在一个名叫横店的村庄里

风，水，天空，云朵都是可以触摸的，它们从笔尖走下来

有了温度，表情，有了短暂的姓名和性别

于是它放出了布谷，喜鹊，黄鹂，八哥和成群结队的麻雀

于是它种植了水稻，大豆，芝麻，高粱

它们在清晨，在同一个光的弧度里醒来，晃动身姿，羽毛，叫声

晃动日子的富足和喜悦

这是在横店村里，被一个小女人唤醒的细节，翠绿欲滴

它们一个扇动翅膀，一群就奔跑起来，田野仿佛比昨天广袤

2.

我始终相信，一个地域的开阔与一个人的心有莫大的关系

我见过在无垠的草原上，被圈养起来的牛羊和人，和栖息在篱笆上的鹰

在横店，起伏的丘陵地形如微风里的浪

屋宇如鱼，匍匐在水面上，吐出日子，吐出生老

病死

　　和一个个连绵不绝的四季

　　我说不清楚，四周一天天向我合拢的感觉，我离

开的一天

　　会不会有一棵花椒树早早地站在我头顶

　　3.

　　下午，我散步的时候，一只鸟低低地悬在那里

　　承受天蓝的蛊惑，不停地从翅膀里掏出云朵去挡

那样的蓝

　　而稻子抽穗了，一根一根整齐而饱满，微微晃动

　　我多想在这样的田边哭一哭啊

　　它们温柔地任凭时光把它们往九月深处带

一根稻子就能够打开关于田野所有的想象，

它的沉默和高傲

忧伤和孤独

它们的隐藏里，有怀孕的老鼠，刚出壳的麻

雀和野鸡

这都是田野富饶的部分

如果倾述······

我已经不再说到疼，说到五腑里的火焰

我有着比这八百里深秋更严肃的沉默

要经历的都经过了，没有受完的苦

也会如期而至

没有开始就已经结束的人生

哦，那些爱恨曾经紧紧抓握过我

一个没有家的女人被大地接纳

且许给我苍老

没有比这更重要的事情了

我还活着。为这尘世背负苦难

如一片摇摇晃晃的银杏树叶子

为雨水指出河流的方向

我也不会再说到爱，说到玫瑰色的黎明

我爱这被秋风吹过的湖面

和那刚刚响起

就已销匿的钟声

一朵云，浮在秋天里

白，白得有些疼。天空蓝，蓝得也有些疼

我在门口的池塘看见它，如同看见我自己

叶子噗噗下落，事物仿佛都大了起来

一个空间从我的身体里扩散，出了村子，没有了边

割草的时候，我却是安全的

食指上的第二个伤口已经结了疤

固执地以为，我得去远处活一回

如果我失踪，有马匹会嗅着我的气味追随而来

所以，我允许自己一辈子都活得这么近

把最好的光阴攥在手心里

我知道，我去了远方，能够再回来

就会离自己更近

下　午

只是，这近处的鸟鸣压住了村庄四角

人间不会高过一棵白杨树，而有可能低于它

的倒影

假如四月的风曾吹拂过地下的魂灵

他们是静的。他们举进风里的草也是静的

一些口号声不会高过一些私语

雷霆也让步于一个人骨骼间的轰鸣

只是时间无语。

一张火车票在风里打转，被一棵树挡下来

一个人去远方活一天的愿望也被挡卜米

那么多事物退让了，人仿佛能随处安家

她不相信电影里为自由赴死的人群

他们身体里的枷锁

在高远的蓝天下没有发出声音

只是时间无语。

荒　　原

你不知道在这深秋能把光阴坐得多深

一棵树的秘密不会轻易袒露给一个人

你以为从春到秋，一棵草已经袒露了所有：

喜悦，悲悯，落魄，枯萎

这些词在午夜微光摇曳，亲切友善

它们对应着一片天空，无数星群

你去过的草原和沙漠，我也去过

你喝过的葡萄酒和鸩毒，我也喝过

你流浪的时候，我也没有一个自己的家

大地宽容一个人的时候，那力量让人惧怕

这荒原八百里，也许更大

不过一个寂寥的寺庙，修行的人仍心有不轨

你身体尚好，乐意从一个荒原走到另一个荒原

你追寻最大的落日

想让自己所有的呜咽都逼回内心，退回命运

我就在这里，哪里也不去

我喜欢那些哭泣，悲伤，不堪呼啸出去

再以欢笑的声音返回

秋天的河面

傍晚，河边的空气都温柔起来

夕阳恰到好处地落在水面上，波光粼粼

那些迷人的光线把动荡轻轻藏起

必须把目光移至对岸青山，和青山之上的天空

才能脱身于这般诱惑

许多日子，我在它身边久坐

一次次在它不停上涨，要没过我的错觉里站起身来

头重脚轻

如同青山和天空都搁在肩头

如果此刻，刚好有一只水鸟落下，我就再不能站起

捡一块石头，扔进水里

如同把爱扔了进去

一圈圈扩散的水波，是一个匆忙消逝的过程

我捡的石头越来越重

也无法挽留这失去的片刻

与一条河对峙：除非永久的沉溺

倒映着的天空和我患有同样的病疾

河里一定有醒着的尸首，它不能闭合的眼睛

让我在打一个冷颤之后

乖乖掏出赞美

西　红　柿

我还是把一声欢鸣摁在腹腔，这个清晨。

走进厨房，几个西红柿把我抓住了，哦，它们

是从彭墩村捡回来的不合格的西红柿，不是大一些

就是小一些

但是它们的甜味一定是准确的，包括酸味

我一刀切下去，力度也是准确的

生活如此被继续。被切开，被端上火焰

由于胃不健康，大部分被倒掉

这是一个从清晨到日暮的过程，或者是从

相思到放逐

从**爱**到被爱，从伤害到宽容

手持刀片的人相信刀片。而西红柿相信它的诚恳

这人间烟火

疤　　痕

昨天，他来看我，问我两个膝盖的疤痕从何而来

我告诉他：割草割的。

他说以后我帮你割草。我说：不！

我说横店村的土壤适合长草，但是没有土壤能长出

玫瑰

没有一棵狗尾巴草能诱惑我，没有一块乌云能

让我屈服

我不曾想我的安静和宽容能招来示爱者

被拒绝后，他散播谣言。唉，我是否应该告诉他：

我腿上的疤痕，是喝酒以后割的

我喝酒是因为我爱一个人呢

我是否应该告诉他：我身体的疤痕到处都是

他要的美，我无力给呢

我是否应该对他说明白：每一个明天我都不

确定是否还在

我的力气只够活着

但是我不会说，说出来他也不会懂

我们在夜色里去向不明

1.

这样真好，如同在深山里拨琴

听见的是些石头，枯叶。水也不大流了

欲断未断

后来，人也索然无味，不洗，不道晚安

惆怅睡去

月色照不照，深渊继续深着

我说时光的潭里，下沉的途中我们应该有

一些恐惧

我说的是应该。这与已经到来，未曾到来的

没有关联

夜色一次次降临，没有倦意

我们怎么对峙，都会蜷曲起来

阿乐，这与拥抱的姿势不同，相同的只是

一点可有可无的情绪

而我们从来没有道过晚安

2.

我一旦安静，就被套上枷锁与时间拔河

如果我不饿就会很使力

如果我没有吃晚饭，我就赖在地上

任由它拖着我

如一只不吠的狗

结果是一样的，让人欢喜，也忧愁

哦，对于另外的人也许不一样

他们在火车上去另外的地方

背另外的台词

一不小心，一语成谶

而你，一个小城市的戏子，主持人

泥鳅一般困在汉江边

困就是成全

一个人不应该把江湖之气全部收入

看一个城市的目光

3.

动荡的生活和生命是不会褪色的

我的向往

阿乐，我们都在犯罪

我在村庄里被植物照耀

你在城市里被霓虹驱赶

我们害怕失踪，把自己的黑匣子紧紧抱住

哪怕死，也是在自己的

血管里

我对我的热情和你的冷漠都失去了

耐心

活与不活真的是另外一件事情

只是我们明白无误地存在了好多年

真是不可原谅

你咳吧咳吧

只是不要吐出浓痰

4.

唉，我一直改不了洁癖

受不了爱的人在我面前挖鼻屎，吐痰

可是一个农民的尸体被挖出来

我不停呕吐

却还想触摸

不停涌来的死亡，我轻飘飘的

当然我不会去抓你，阿乐

你的存在不是让我去抓

而是让我拿起刀子就知道

如何去别

但是还是算了吧

谁都会越来越轻，何况是你

写到这里，突然无语

你睡你的，我坐我的

春天八千里

那些树都绿了

下午五点，阳光变得好起来

横店村变得好起来，那些树变得好起来

没有风，它们却都有一个弧度

小小的，被彼此怜爱

一棵草触碰了另一棵草，还是那样的弧度

但是影子慢慢长了

一个蹲在地上的人的影子也长了

蚂蚁追赶着

蚂蚁在什么地方都光明磊落

我允许腰部微微的疼痛

允许安静如此

同时允许一只误入横店的鸟

惊讶地大叫

雨落下来

1.

雨先落在郢城，氤开一朵朵霓虹。再过汉江，落进横店

雨先落进一双牛的眼睛，才落进横店

雨在快落下的时候才被看见，落下了才是成全

那个从桥那头跑过来的人，淋湿的部分如一朵火焰

蜷缩成一朵花被他搂紧

"这是个错误，我要偷的是一头牛

花的盛开和凋谢在逼迫我犯罪"

2.

　　一个人不可能看到一柱雨的全部，被竖立起

来的冷

　　它落下的姿势是历经万千后站到高空

　　用力一跳

　　形同爱情的粉碎。成全轮回也抵抗轮回

　　它轻蔑地从我窗前落下去

　　轻蔑地看我一声惊呼发不出口

　　在地上的雨，我不相信一朵抱住了一朵

　　一朵原谅了一朵

3.

雨落在树叶上，滑了下去

雨落在花朵上，滑了下去

土地湿润的过程不是一个人看到的过程

假象被掏出来，越发说不清楚

我承认这被围困的过程，也熟悉了慢慢抽离

的方式

当世界明晃晃的

我继续以我的尘垢送上祝福

莫 愁 街 道

初春。夜色里老柳刚抽绿

从阳春酒馆出来，她就掐灭了烟头，她红色的指甲

一晃。火苗阴冷

爆米花的老头还在街口，白炽灯昏黄

谁会在深夜吃它呢？只有生活的残渣不停从嘴角

掉下

月季花没有开。等她注意到它

总是凋谢的时候

一朵花有两个春天是不公平的

手腕上的刀疤，月光照着会疼。汪峰嘶吼着

"我们生来孤独"

身体里的蛇放出来，不会咬到人，又回到体内

她看见另一个她：老公瘫在床上

他从来不知道他吃药的钱藏在她身体哪个部分

她在自来水龙头下洗去胭脂

那个瞎眼的算命先生还没有收摊

他隔一段时间就叫一声

——新年伊始，看命要紧啊

此　　刻

1.

裹着绿叶出生的人，和卸下秋风死去的人

他们相向而行，直到背道远离，尘埃飘起来

落下去

有人从鞋底搬出石头，填至河边

依旧有人选择溺水

2.

日月旋转。可是一切过程就是过程

时间如同一个荒诞的理由

3.

我！我是存在的吗

那么王胡子也是存在的，从江南到漠北

时间铺得越来越稀薄，压不死人

但是昨天刮干净的脸又长出了胡子，神秘又悲凉

4.

有人在北京，在天安门，想让夜灯流进胸口

他是单纯的

物外为肉体，欢乐和悲伤

他把自己剔出来，还是无法还原

5.

猫从楼梯上上下下，我听到它的脚步声

然后是电脑风扇呜呜的

这样多好，我说不出来它有多好

6.

你要相信，我故意不把根源说出

它必将呈现

辑
五

雨落在窗外

潜　　伏

但是它终将暴露，一朵桃花预谋了许久，一呈现

就凋谢

——我的日子只与桃花有关：俗艳，好活而苟活

但是它也不会暴露，一些纤细的真理，关于温暖，怨恨

一个人的来龙去脉，一些日子的往来

我们说着说着，就离题千里

我厌倦的黄昏，不是因为一贯的病症

绕来绕去的呓语

哦，这么长久地活着，耗费了多少耐心

他们在诗句里把词语搬来搬去

把一个人对世界的看法搬来搬去

我以为，划过一条小河，在村庄里散步，就够了

有那么多的事情，那么多经验

无疾而终

初夏，有雨的下午

它们小跑起来，河流在海的入口，云朵变绿

布谷第一次叫响，雨滴时缓时急

一棵树听见花朵叩门声：我在海底等你，不见不散

一个村庄容纳一个女人，穿粗布衣裙的女人

她恍惚的心思被一串雨，"啪"打进一棵香樟树

她的质地粗糙，忧伤也无华丽之感

点燃了，飘飘忽忽的劣质香烟，烟灰慢慢堆长

陡然掉落

——这和日子不一样，她说

不耐烦的时候，是虚无等一场虚无

就是说果实挂上枝头也被怀疑

何况，来路漫长

但是它们，它们知道去向哪里

清晰的

让我无比疲惫

太阳照在一棵月季身上

同时照在我背上，照在核桃树，葡萄树，和小麦

油菜身上

蹲在一棵月季旁边：它小小的叶片在风里摇晃

无法预计的花期沉睡在茎里

还要等多久？我的影子覆盖在它身上

在横店，在富饶的江汉平原，在鄂中部

我们不知道从哪里要来了一个春天，装满了口袋

它装满了花，我装的是开花的心意

太阳照在一棵月季身上，同时照在二叔的屋脊上

鳏居多年的二叔学会了侍弄花草

他说，它们都有开花的欲望，开不开的没关系

它们的绿叶在晃动，这就是好的

它们能被太阳照着，这就是好的

太阳同时照在你的，我的，它们的身上

这样的好我是说不出来的

我们又一次约会

五月。白杨树绿了，花椒树绿了，哦，人间

预谋的花朵打开，意外的雨水到来

我必然以握住闪电的决心握住你

你站在麦田那头对我招手，风把你吹得单薄

如一块暗淡的色斑

但是你把一团光举得那么高

是的，要又一次相聚

你知道我的田野多么丰盈，你从哪个方向走来

都会碰到枝头搁不下的绿

我老了，这无关紧要

你应该对我持续到年迈的情谊怀抱感激

如同感激大地又一次花红柳绿

与道北的耳语

万物先于我们打开：比如此刻，流动在麦田上
的月色

雨后的，在微风里轻轻摇摆的月色

麦子自己收割了自己，然后低下头把自己交给

余下的仪式

我也完成了对你的爱，剩下的光阴

就让吹过麦田的风吹着

你要相信一个农人的爱情，经过的流水，黑
暗，飓风

以麦子的姿势呈现：褐色的

被包裹的白不是一种色彩

我能给的，不过如此。不过是需要你在黄昏里

掐灭烟头，仔细打开

哦，你在一个农人的爱情里找不到一个虚影

阳光灼灼

雨落在窗外

但是我依旧呆在被烘干的地方，喝完一瓶酒

把瓶子倒扣，推倒，扶正

再倒扣

窗外的雨忽略着我：一滴抱着一滴，落下

一滴推着一滴，落下

融合也是毁灭，毁灭也是融合

但是一个人要多久才能返回天空，在天空多

久才要到

一个落下的过程

——当我把一段烟灰弹落，另一段烟灰已经

呈现

我把一个人爱到死去

另一个已在腹中

雨落在不同的地方就有不同声响

没有谁消失得比谁快

没有谁到来得比谁完整

没有谁在雨里，没有谁不在雨里

停　　顿

它浑身透红，立在枯了的草尖上

——这一声惊叹

第三次回头，它还在

风把草压下去，又让它弹起来

它倔强地停在那里

万物都和我一样，忍受了那样的红

翅膀扇动的频率

我放下镰刀，一动不动

美再惊悚，也不得不心生敬意

哦，这该死的蜻蜓

让流云也停顿

九 月 的 云

真的，那么白。能把人压死的白

让人死去就不想活过来的白

抠了一辈子，也抠不出这样的白

下午，我被这几朵云摁住呼吸

满场的稻子沉默

悬在屋檐的丝瓜不语

一群麻雀夹着翅膀从白杨树缝里穿过

它们要等这片云过去

而且没有回声

我这一次说到幸福

没有那么提心吊胆

霜　　降

再怎么逃，你的胡子也白了

早晨，窗外的香樟树有另外的反光

落在上面的麻雀儿有着和你我一样大小的心脏

我哆哆嗦嗦想把一句话说完整，还是徒劳

远远看去，你也缩小为一粒草籽

为此，我得在心脏上重新开荒了

我们白白流失了那么多好时光，那么多花朵绽

开的黎明

而这中年，我不知道要准备多久

才能迎接你的到来

而此刻，你在守望一场纷纷扬扬的雪

烟灰不停地落卜来

微微战栗的空气里，你预感到远方的事物

枯黄的理由

就要按捺不住了

连呼吸都陡峭起来，风里有火

你看到的，雪山皑皑是假象，牛羊是假象

她给不同的人斟酒，眼睛盯着远方，远方一

直远着

她的手颤抖得越来越厉害

眼睛里的灰烬一层层洗去在泪水里

这泪水不再是暗涌，是戾啸，是尖锐的铁锥

把她，把一切被遮盖的击穿

让沉睡的血液为又一个春天竖起旗帜

竖起金黄而厚实的欲望

但是她说一切都没有准备好

她还在午夜

她说着说着，就被卷进去，没了头顶

隐 居 者

连江水都缓慢了，光阴到了这里就有停泊的愿望

它允许一个女人在小巷里慢慢走

允许她慢慢地爱，慢慢老

"他此刻已经离舟上岸，他金黄的呼吸

被我闻见"

她惊诧于红透的树冠，惊诧于穿过树冠的晨光

和拐角处的牵牛花

"哦，这些永恒的。我必以消逝证明

对它们的悲悯"

此刻，有门咿呀打开，问候传来

正式打开一个清晨

晦涩又明朗的方言里的清晨

她提着竹篮。而日子在篮底漏不下去

真的，没有比这更好的事情了

她那些小小的欢喜，在裙子里摆来摆去

一不留神，就过去半生

"你看看这个秋天，好得更比从前"

她自言自语。抬头就见云朵往江边飞去

过　　程

总是快要熄灭的时候让我醉心

如同逃出一场劫难，而你我无损

从春到秋，一只鼹鼠把一个洞越挖越深

位置隐秘，避开了风吹草动

爱如雷霆

熄于心口，又如灰烬

我唯一能做到的

是把一个名字带进坟墓

他不停老去，直到死

也不知道这里发生过的事情

秋 之 湖

在倒影里遇见自己过去的人走远了

风怎么吹，都是扁平的

我所见的事物依旧摇晃，这让我闭紧嘴

从大地深处掏出来的会更深地沉下去

我所执的情怀多么不值一提

卑微又疼痛

水从草尖滚落于秋，就没有远方了

如一场游戏：那个大胡子男人兜着自己发福的中年

和谁遇见后，在街边吸烟

烟圈儿吐得浑圆

梧桐树叶往下落，天空越来越没有边了

他看见自己天空里的倒影

对曾经遇见过的充满怀疑

如一种悲悯

但是我还在湖边逗留，看见水里的草

枯黄起来

最后的苹果

忍了一个秋天

仰望天空不敢把血咳出的人啊

"我宁愿这棵树枯萎，我宁愿它的香味消逝"

许多深夜，她也望着它

在群星沉默后打出火焰的果

她撕碎衣衫，把双手绑住，打死结

"总有这样的一个人，在千山万水以后

在许多人以后，从容地走来

让你陷进巨大的沉默，无法动弹"

湖　　水

匍匐而行，命运是一颗饱满的雨水

有几十年善于愈合的心

活着即慈悲。雨后，能看到广阔的蓝

和广阔的风

半夜举起灯盏，沿河而行

鱼群指出了未来

三月的花朵经过秋天，生出了雪

那些涟漪相遇，相约静止

歌声持续，我心忍不住悲悯

钟声隐约，黄昏里依山而行

我的喜悦如同这里的湖水

倒影多余

一　把　刀

危险并非来自搁放的位置以及锈迹

每个人都深处江湖

而更多的人会在我身上溺水

不轻易示众，那日至交醉饮闺房

我口袋里的地图已被自己掉包

月色当空，我会默念几个字

我一直赤手空拳，黑夜潜行

口袋装满果实

以及蜜

越来越薄的我自己

整夜躺在磨刀石上

辑
六

六月的爱情

栗　　色

沿着河流，就可以找到故乡和母亲，找到一只低

矮的云雀

五月如铃，悬挂屋头。风自东南而来

一棵麦子碰着另一棵麦子，小段的风声，仿佛寂

寞和哀愁

母亲一年年矮了，屋子跟着矮了，窝在季节深处

风和光阴都不容易翻动

在随手就能捡拾染色体的地方，心里潮声浩荡

而我不动声色。命运和灵魂的口袋微微张开

月色和酒都有新鲜的味道

母亲蹲进麦子地的时候，只看到她的儿缕头发

仿佛百年以后，她坟头的草在静止

那时候一股暖流自南而来，预示着几天后的雨水

几千里，大地如此神奇，月色流动，词句沉默

和母亲相似的面孔，让我忧伤又甜蜜

歌唱又沉默

归　　途

我长久地陷入，晚风不停地吹

万物低垂

蝴蝶吐出星光，包括小虫儿

腹部有相同的黑和白

你总是想以流水的姿势行走

而不愿以瀑布的落差结束

从上顶下来的事物和光

拥有露水

我长久地陷入，不发一言

仿佛不曾爱过

骤 雨 歇

一根烟吸到一半，光渐渐呈现

起身，旋转，打一个响指。一个词牌泄露出女人味

门口多年的芭蕉时光暗淡

花开的时间短，谢的过程长

那年的酒，风吹淡了

而马匹还在路上，驮着食盐

去一个围墙坍塌的小城去换玫瑰，小说的尾章

道路呈现出真相

雾霾里的咳嗽，如一颗灰尘

黏附空山的背面

还能在门口蹲多久，对岸萧条

十个手指都有爬行的痕迹，在梦里

墙头，过冬的木头发出了青绿

仿佛汽笛传来

仿佛有人招手

姿　　势

左胳膊撑在左腿上，右腿不能弯曲

分秧依旧又准又快

只是后退的时候，必须直起腰

以左腿的力拖动右腿

一上午，她这样栽秧。一天，她这样栽秧

她低头的时候，脑壳中间圆圆的白

其余的黑是染来的

偶尔，她跌进水里，就会变小

如一条泥鳅

六十个年华在一大片水田里沉重，单薄

她痴呆的女儿在田埂上嘿嘿地笑

口水湿了衣服

把她嫁出去的梦破灭许多年了

她一抬头

女儿的一根白头发绊了她一跤

隔 阂

　　草木葱郁。雨水里有鱼的气息，酒瓶子，咳

嗽和叹息

　　命运的洼地，枯败的野草，无法消逝的黑

　　新鲜的伤口

　　亲爱，我却再不能遇见你。郢中的灯火暗淡

　　多少人经过你身边，把酒杯的口朝向你

　　劝君更进一杯酒啊，人生近晚，此处乡关

　　多少年前，马车带着月光经过我的村庄

　　你说出了村口，春天临近

　　我不愿相信

此刻，莫愁湖上的波光映在你脸上

千里之外，一袭黑衣把我裹得密不透风

人老了，哭出来就可耻了

亲爱，我却再不能遇见你。我们不同的语言，

你再不能听见

如同我的诗句，患上了孤独

无人可见

窗

　　溺水的时候，有风起自你的窗口，灯影摇曳

　　三月来来往往。你把酒瓶系在腰间，一只蝴

蝶有三个坟茔

　　多少次，我试图把自己埋在异乡。试图九断

肋骨

　　用尘垢埋藏自己，如此埋藏你

　　而多深的爱，也无法挡风。只有你，在我回

望的时候

　　你一定和我有关

所以我在人间行走了三十多年,当是偿还, 赎罪

只是你一定要为我留半截蜡烛

让我过门

香　味

交谈。仿佛夜色，仿佛隐匿着雷声的花朵

我们背对河流，影子出水，香气找到来源

站在彼此的背后

来不及相爱，雨落了下来

你感叹人世的时候，我心里升起黄昏

选好树枝，一起倒挂

我们有千万里的距离，千万愁，一喜

它们相互抵消时，谁都流泪

你渐渐老迈的身体，如井

纵然我是月，也有无法打捞的素白

从五月开始，到化为灰烬

我们都面临彼此的危险，仿佛香味

后院的黄昏

夕光。人间低矮，浑圆，断墙上的簸箕漏光

那些生满褐斑的小故事两次穿过墙缝

她第一次端起簸箕，颤巍巍的

一朵菜花在小小的旋风里，打转

然后她捞起流水，仔仔细细的

时常叩一下，如同叩在老水缸的沿上

此刻，她哈欠连天，也不急于看清那棵老槐树

胸部空旷，一只蝴蝶息在那里

她不再辨别它了

想起一棵豆苗，几十年了，才那么高

如果回到一口井里

就能算出和它的距离了

所有的词儿隐匿。她不关心翅膀

一个人会从海上回来，袖口有风

那些红润的，照亮过的午夜也不再被提起

这些年的缄口，没有人留意

风，时有时无

她的梦，在浅水区

六月的爱情

已经不止一次提到黄昏了，和斜水而去的白鸟

我突然陷进一棵树的纹理

水波如束

我不知道要用多长的沉默，才能和六月的葱郁

合二为一

我需要你指认我，指认一朵轻，一团恍惚

但是不要你指给我路途

如果有一种抽离，必然会和我的到来一样

从有云的地方

直接打下

我们有模仿之力，和飘摇之心

画的伞一个个撑起来，雨，在预报之内

那时候葡萄一个个熟了

仿佛泪滴

有长时间悬挂的美

初　　夏

　　走过田野，就能看到那扇窗了，潭水清澈，
人世的光

　　一叩，有细微的回音

　　一段美，只够停留在一个水域，我的温润与
尖刻将

　　一并呈现

　　风吹过，裙裾荡漾

　　葡萄青涩。以低垂的姿势守候阳光里经过的
秘密

　　内心里一个个巢穴

总有注满的一天。它不知道田野里有多少事物

正和它，殊途同归

岁月，多好

黄昏临近，此刻的我有流水的欲念

穿过一条白而窄的光，抵达一棵植物

说不清楚我怎么能在窗下呆那么久

仿佛离开，仿佛归来

仿佛一个码头，半截出水

风吹了几十年，还在吹

当然，比风更容易拐弯的是命运

这个时刻已经芳草萋萋

他人和我的坟头都呈现葱郁之色

早晨的青草，黄昏来临会变一个匍匐的方向

人如果聚集起来也会欣欣向荣

我们用了一辈子从人群里分离出来

却将会用更多的时间

融入进去

风也会落在地面上，落在低矮处

许多事物也跟着停下来：纸片，流言，突发事件

一个人在十字路的中间，停下

包括夕光映照的

有了死亡之色的面孔

我们从出生就习惯了虚无，包括

渐渐荒芜的斜坡

虫儿无声

明白了一些事情，有人忍不住放声哭出来

此刻，身体里的风慢慢退出

露出成片褐色的石头

漂　流　瓶

从黄昏出发，在漩涡里打一个转，风就吹了过来

几处命运，几段星光

谁吐出了一个烟圈，捞，如同捞一个谎言

我破了一个角，才装了进去

"如果一个人爱你，这根本不是障碍"

而你掐取了故事中间的一节

海，一直蔚蓝。没有人摸清方向

遇见或错过

我们都会从岸边出发，回到岸边

你怎么安排都是好的

我的一部分被你拾起，就有了

水的性质

无 以 为 继

无以为继，这人世。这遥远的幸福，湖水般
的忧伤

那只你命名的天鹅从心里掏出了冬天，滑翔
的水域越来越小

必将有一处埋葬让它死得其所，也让它生得
其所

习惯里，背对背而坐。公园的风又苦又长

说起人生，我们面红耳赤，而爱情一直是一
个附加话题

有深重的中药味

我们一直孤苦伶仃，包括以你的名字起誓的
这个时刻

我已经习惯了半路折回

我的黑暗和光芒都是月光无法劝说的

无以为继，这病症。我指望你爱我，但是不
与你讲和

与你告别和相聚，你总是又哭又笑

仿佛浓稠的花香，仿佛生死同握，仿佛我非
我，你不是你

屋　　顶

她依然把灶膛点燃，清晨时分

她把青菜的青炒了出来，清晨时分

她把白菜的白炒了出来，清晨时分

她把灶膛的灰掏出来，清晨已逝

喂猪，喂鸡，喂狗

她坐在门槛上扒饭，热气飘忽

她看不见

她把掉在地上的饭粒捡起来，喂进嘴里

昨夜奶奶死去，昨天奶奶没有吃饭

昨天男人被抓去了监狱

昨天邻居的牛把一个孩子的肚皮挑破

昨天，仿佛不曾到来

风把屋上的落叶吹了下来

风把风吹了下来

风想把她吹薄

风吹不动一堆土

大群乌鸦飞过

五月将尽，大地葱郁。我们去村口的河边

鱼汛一晃而过，天空栖息的雷霆已经掏空了预言

广袤的草倾倒于风里

我的卑微和高傲突然没有了参照物，孤零零的

人生无几，而人世繁华依旧

河水东流

大群乌鸦飞过，沉默如蛊，影子里有微光

远处的城市坐在一颗尘埃前面

写着结局的纸片在风里起起落落，无人识得

它的笔迹

我们同时被潮水淹没，如同一群乌鸦

默契于对方身体里的黑暗

嗯，我想说的是，平洲之上，一定会有坠落的一只

箭如虚设之物，平放于人生

一定会有一团黑于正午经过内心

有金属的光滑和声音

如同剥开，亦如愈合

逆　　光

我的思念热，布满尘埃，晚风里羞于自见

芭蕉和雨夜一起失踪

村庄在湖水之上，五谷渐熟

楼台渐矮，我羞于翻动一首现代诗

心情左右

你滑过城市的街口，烟圈有光

约定的湖水，不改蓝的程度

遗落在你背影里的

小，但没有风声

哦，这样的爱常常让我摇晃

却始终不能

泪流满面

辑
七

微风从我这里经过

摇　　晃

一直担心，此生都不够诚恳

手握钥匙却认错门

河流三十多年保持慈悲，为了保持鳃的完整

我拒绝做一条鱼

不在星光里和万物互相指认

总是想醉酒，以此模糊世界的倾斜

或是自己的倾斜

像是在诗歌里，在词语里起伏

做鬼脸

心里的灯，让它在夜里长久地静谧

我想我枯黄的时候一样突儿

匆忙，而且浅薄

会不会回头而怅然，心惊

仿佛一辈子

不曾发生过

五月，遇见

酒杯再一次被扶正，只是饮完一江水

我依然无法流露醉意

楚地辽阔，我没有楚楚动人，也不再

楚楚可怜

你无法不承认我身体里的一轮落日

和眉梢秋意

它们在风里依然有

动人之色

对照月光，一只蚯蚓还是会翻动春色

捡起一个断章足以让我们

完成一次肉与灵的交合

对长河长天

你说一粒小小的清白

就能够供奉人间

走吧，去河边汲水

我喜欢万物在水面荡漾的样子

和你不断沉入水底的呼声

每一条鱼都来自上游

拍起的水纹，整齐如辞

让流过血管的不是血

或者以雪，以高山之水，以草木背着阳光的一面

它一定有干净的声音，才能被一具日益苍老的躯
体承受

有五月的树叶恍惚的美

而避开了果实的说辞，及一种红从高粱到酒的
过程

在布满皱纹的额头下，她眼睛里的光

依旧让人信任

那么，我将我毕生不堪一并呈上，如一个即将被
大赦的人

预料了以后的光明

而将因为曾经产生的痛苦郑重感恩

嗯，还有那些诗句，那些不能落下的雪花

一一改动，让它们还原泥土之色，石头之痛

仿佛我身体里的一个矿场重新开放晴朗的早上

从开始就有的模糊的预感，一一经历过了

此刻，流水不再向西

村庄依旧葱郁，我能找到蝉鸣之树

那些漏下的光斑仿佛衰老，于我之前进入大地

我不再羞于向你说起

幸福

香　　客

跪！双手合十，愿天降莲花，或以浮莲之水

此刻，我交付你的不过红尘一段，俗心一颗

此刻，我若静若天籁

还是有一段回头路要走，且天晴物燥，火点很低

但除了此刻，便是此刻

于千万人里，你可识得一枚红果，或者香火熄灭

奖我以虔诚，罚我以疑惑

功过相抵，我还是我，于流水里

取不出来的波浪

于果实里，取不出来的腐朽

你从来不挑明，放下愿望的人浑身一轻

而那些跛孩子流浪累了

会带着月色回家

但是此刻，除了和你互相信任

我无法说服自己

心头有白云

缭绕无边

微风从我这里经过

允许我沉醉，允许我哭泣，允许我在这么远
的地方

把爱情掏出来。如掏一丛夜来香

面临星光的时候，面临深渊

我一直是个怀揣泥土的人，遇见你

它就有了瓷的模样

却没有人来告诉我每一条路都是晴朗

比你易跌倒，比你易破碎

作为一个贩卖月光和人间的人

我允许你，笑话我

如果哪一个早晨醒来，找不到彼此

只有微风吹过

一定要微笑，无论记得还是遗忘

与 儿 子

从一开始，我就想放逐一个世界

对它的次序好奇

而和他保持恒定的距离

我不想掏出多一分的经验，只是看着

相信

我知道他私藏了春天，蜜蜂，河流的方向

与一个事物的过程

和一堆雪，因为过于白而藏得深

保证了百年之内的水源

保证了花红草绿，和他鞋子的干净

而今，十七岁的水手打着长长的唿哨

水声里，秘密一串接一串

如一个个小小的蜂巢

并不被经常居住

我期待满了以后溢出来一点

刚好被我接住

关　　系

横店！一直躺在我词语的低凹处，以水，以月光

以土

爱与背叛纠缠一辈子了，我允许自己偷盗

出逃。再泪痕满面地回来

我把自己的残疾掩埋，挖出，再供奉于祠庙

或路中央

接受鞭打，碾压

除此以外，日子清白而单薄，偶尔经过的车辆

卸下时光，卸下出生，死亡，瘟疫

和许多小型聚会

有时候我躺在水面之下，听不到任何声音

有时候深夜打开

我的身体全是声音，而雨没有到来

我的墓地已经选好了。

只是墓志铭是写不出来的

这不清不白的一生，让我如何确定和横店村的

关系

心　碎

那桃花不是我的，那影子不是我的

那锄头不是我的，那忧伤……

那蓝色的时光，时光里的巷子

巷子里的裙子，裙子里的莲花

莲花里的水声

水声里的盼望，不是我的

咖啡座前的那一个不是我

月上柳梢头的时候，那个人不是我

相濡以沫的一个不是我

唱歌的不是我

流泪的那个是我

把爱和生命一起给出的是我

我所拥有的

这个下午，晴朗。植物比孤独繁茂

花裙子在风里荡漾，一朵荷花有水的轻愁

哦，一朵瘦小的哀愁在中年的面容上

保持坠落的样子

蝴蝶无法把我们带到海边了，你的爱情如

一朵浪花

越近越危险

危险的是她。我依旧把门迎着月色打开

如同打开一个墓穴

而月色没有到来。

那段沉默的哭泣还是被我热爱，多少年了

我还保持这样的敏锐，在忠诚和背叛之间

时而，掘弃

时而，进入

微　　风

星光遥远，雾气重。一夜凋谢的岂止红杜鹃

河流落浅，一个人被自己的影子牵绊

村庄已远

花开花谢总是让人左右为难

每个人都会让一匹马奔跑在他的庄园

直到走失于流水或星光

我安静的时候

旁观它走走停停，偶尔嘶吼

不小心落进午夜的人，口含火焰

如同绝望

我急切地寻找

却无一处干燥供他一时栖息

有风南来

经卷覆盖了经卷，箴言吞没了箴言

屋角的蝴蝶风铃

雨水里锈去，声音喑哑

葡　　萄

五月的睡房，一定有我的肉身

从青涩，一步一迟疑，到美和甜的累积

无法挽回

你的指尖有风，有无从安排的忧愁

而雨季已过，马匹饮水，照出道路

我愿意给你的，不过一部分

皮囊的斑点我带走了，它们没有手脚

依靠风，依靠流言蜚语

在渐渐衰老的岁月

回忆一团光，怎样把它击落

我的身体里本来就有酒的成分

不为醉你，只为醉我自己

如同千山万水以后，我的眼泪

不为你

只为我自己

从王府大道走过

怀抱苹果，和坐在苹果里的灯盏

王府大道两旁的树发芽了，而那只鸟没有飞来

过了两个红灯，我突然不知道是去哪里

来路已不明

哦，钟祥。有人从汽车站出来，一说话带出异

乡的天气

摩的问：小姐，去哪里

我说回家

却发现没有一盏灯火为我而明

我怀抱苹果，和坐在苹果里的灯盏

偏右行走。人潮里有我轻易能识的呓语

但是还没有来，十年，二十年

我的两种方言如同两种悲哀，装在两个口袋

一步一晃

沉闷作响

短暂的黄昏

到确定"黄昏"的时候，第一颗星星就时隐

时现了

在这深秋的庭院，抬头看麻雀飞过去

夜色就已经漫上了脚踝

还没有在一根笛子上找准音调，曲子就接近

尾部

我匆匆起身：做饭，喂猪，赶鸡上笼

我就这样把自己迅速地赶进夜色

兀自伤悲：

好多个黄昏，我准备停一停，等云层里最后

的锦书

或者去一棵不知道名字的树下

找到一片被忽略的温柔

或者把内心的地图稍做修改：让一个人沿河而下

一路平安

也不抱着自己的诗句哭泣

在他想到亲人和想喝一杯茶的时候

正好抵达我

黄　昏

在一棵木子树下坐着，像一片落叶，叶脉蜷曲

但是我体内有水，在微风里对称地摇晃

水面的月光平静。哦，我赊来的月色如此安稳

我赊来的幸福如同一个幌子

过客，进来饮一杯否？

只是你需慎言，"人生"如咒，秋意纷纷

多少欢喜场散了，纸絮一地

但是落叶多么好

这无关秋天的任何细节，美

或者哀伤

一种缓慢的过程

犹如爱。从发芽到葱郁，再深陷秋天

　　一片片摘掉自己，那么慢，余言未尽，也不想

要多说了

　　一只水鸟从春天飞来，它的白很慢

　　时间在它翅膀下堆积，再融化。融化成一场雪

　　再化为向下的水

　　哦，向下的水。它停靠在树叶和碗边

　　美甜蜜而危险，它均匀用力，拉出明亮的感叹

　　和让我心醉的弧光

　　缓冲了一个世界跌落的过程，以及

我被爱焚烧后的灵魂

哦，灵魂。它的深潭月光很浅

虚无是一瞬间，更可能是永恒

在光与影的对流里，聚集是缓慢的过程

如同遗忘

遗忘了要被遗忘的事情

后 山 黄 昏

落日温暖。坐在土丘上看下去就是流水

一个孩子走下去，就能在水里清洗暮年

这样真好，风筝和蝴蝶都有去向

一头啃草的牛反而如同一个插曲

如果硬要找出一个不同的日子

就是今天了。土丘上长出一个新坟

乌鸦们慌张了一会儿，纷纷落下来

草继续枯黄

不管厚土多厚，一个人走进去

总是很轻

以前的讨价还价形同玩笑

不停地运动嘴唇，以为能把生活嚼烂

一个人坐到满天星宿，说：我们回去

一棵草怔了很久

在若有若无的风里

扭动了一下

辑
八

手持灯盏的人

与君隔一段花开，隔不开一段云雾

—— 题记

秋 风 客 栈

直到清晨，直到不断扩大的光晕把她甩进

更深的秋日

"老去当真忧伤，而这忧伤来自于愈加缓慢的时光

缓慢得几近荒谬"

一定有个迷失于九月的人，于马背上穿过

这逼长的岁月，在荒野中央

对陡然出现的客栈涌起昙花般的爱恋

他或许很老，对那些来不及相逢的岁月

怀抱仁慈

直到黄昏，她还在描摹不知相隔多远的那一笑

"哦，如此的缓慢如此优雅，我有

那么多蜡烛啊"

"可是，他什么时候才知道我如何摘掉

沾在头发上的落叶？"

天黑之前，她对着溪水又把头发梳了一遍

孤　　独

如一颗雨后的水珠，悬挂在树叶边缘

身体慢慢弓成一个疑问

"我有足够的悲伤滴落，只是时间的问题"

而时间，在她的身体里也是缓慢的

一个量词需要多大的容器啊

好比孤独把一个人的身体变得无比广阔

一颗水珠坠落也是个漫长的过程

从难以启齿的忧虑开始

暮年攀上右肩

她预计的风声吹来，味道却是不一样的

一个人活得不需要冒险了

这是不需要原谅的

坠落是长久以后的一次摊开

俱碎也罢，俱焚也好

她的问题一点点简约，收缩

反正向来如此。

她要问的都有了答案

在一个上午的时光里

"从这个深潭浮起来，就去喝茶"我想着

他无意挖出多个陷阱，在树梢上，在一个果核里

慈悲地等候风吹里，一棵草的颤音

同一时空里的两颗星子。他的光此刻穿过

一块秘密的石头，他的信任先于

一朵花的香味到来

在杯中慢慢打开的茉莉，玫瑰却与我逆向

下沉

能让我抵御沉沦的并非来自熟稔的过程，结果

跳来跳去的麻雀单薄，玲珑

我是一个多么幸福的偷盗者

被赦免了追捕

落在荒野的秋天的雨

那时候一个庙堂会现身。这里没有屋子，没有坟茔

这里的秋天是荒芜的，和春天一样。这里的野花是荒芜的

绽开和香味就是一个动词一个名词。

时间是荒芜的，所谓的秋天是不存在的

雨的来处可疑。只有打下来的瞬间是可信任的

落在荒野的雨不知道落在荒野，一棵栗树不知道远方的屋宇

不知道远方的人捡起它们的果实

那些草被雨压弯，很快又弹了起来，它们不知道

一个卑微的人和它们差不多。他们的背就是为了

一次次弹起命运的重压，但是没有另外一个人会知道

他们和它们来不及互相靠近

就各自枯萎

一场白先于雪到来

但是，我无法把自己放进这一场白

那么多黑的，灰的日子已经来过，我没有理由把自己

放进这一场白

但是，已过天山的风捎来了消息

——我无法躲避这一次埋葬，我也不打算躲避

这一辈子的斑斑劣迹应该被清算了

我还是无法抵御这向晚的私心啊——

对于一个热爱过这个人世的人，远方应该有一个人

为我转动经幡

他应该还给我一个秋天，以他为核

把秘密对我呈现

——雪原上每一个起伏包含罪恶，也包含原谅

不要信任雪，不要信任我

不要信任有碑和没有碑的坟墓

以及我破开胸膛呈现的颜色

一　朵　雪

混迹在整个荒原。整个冬天时间的荒芜

有多少需要相守的颜色，才能完成没有缺口

的内心

如果仅仅一笔，它的一生就被覆盖

但是唱吟都在拖泥带水的人世里

包括蝴蝶和一个暧昧温暖的春天

它在半空的时候和梦撞见，落下来就清新了

如果一个世界足够单薄

它的缄默便完成了与整个时间的对峙

和解

剩下的事情，就是在不远的地方

找到等待它的一滴水

把它覆盖

积 雨 云

已经一个小时了。她踩着从裤腿上游的秋风

梧桐的叶子落在夜里都有回声

她紧了紧衣服，汉江的气息穿过这条小巷子，

没有了鱼群的味道

过了阳春大道，她就尾随他身后

（她是一个笨重的女人，此刻却蹑手蹑脚。她

的身后尾随着一团积雨云）

她无法看清楚他对面的她，在阳春茶楼的二层

她知道他端起一杯碧螺春的时候

在对面的人的身上，也端起了一段新的旅程

她看着他出来，看着他们挥手道别

看着他点燃香烟

看着他从她隐藏的合欢树前走过去

多年以前，他也是这样送别她

他以为，这样一别

便是永远

他 的 果 园

"那些熟悉的果子收敛了它的光，我们的饥渴并非来自

没有露水的早晨"

他对着湖水喃喃自语的时候，一片枫叶打在他的肩头

——他一直以为枫树是能够结出果实的，那些不着边际的红

一定有所去向

但是没有一个果实能够改变趋光性，如同他姓氏上的一张长弓

跟随着飘摇在水面上的鸳鸯

它们是一对被遗落的果实，落进风里

有了水性

一定要半夜起来，向果园深处行走。这私密

的约定必将打开

隐秘的光环

让他知道，他也是神的一个选民

秋天的敬仰

1.

被秋天倒扣于里，重读经文。星辰都在脚下

轮到流水审视我了：内心的石头包不住了

石头撞击的火苗包不住了。但是那样的召唤让人

神魂颠倒

如同越来越漫长的黄昏，我们可以在突然而至的

悲恸里

来回好几趟

幸福如一块漫不经心的小坷垃，总是让人崴脚

但是在万事万物敞开的季节，许多的顾盼

在来不及流泪的时候

已经被忽略

2.

　　一枚枚果实从时空深处走出来。有人在每一
个句号的地方

　　慌张。满则亏矣，我们的心面临又一次

　　莫名的流逝

　　我们需要响声。需要拖拉机突突突经过午夜

　　把那些果实，那些悲悯和圆满运往异乡

　　我突然不知所踪。岁月的刀必然会温柔地刻
一道

　　我把疼痛揣得更紧

　　如同一张让自己都想忘记密码的银行卡

　　我是以秋天为记号地

　　活着

3.

一个人会在月亮升上来的时候走出来，什么样的果实

他都知道它的味道

然而总有引诱他的，让他在人世里多走一走

他喜欢那些被遗弃的果皮，想起另一个男人背着小女孩

在黑夜里逃命

如今他们回来；但不会停留到天亮

秋天太广阔了。想到这里他伤心又高兴

他们不会被抓住的。

他们不会被抓住。他又重复了一遍

去 往 十 月

1.

去往十月，在一个广阔的站台邂逅黎明

心怀酒意，和山川与河流赠予的祖国

祖国啊，就是方言散落在风里，有人听见落泪

就是拿着身份证去医院，有人匆忙向你跑来

就是就着菊花喝酒，有人提起陶渊明

就是十月临近，心里潮水涌来

就是满天星宿里，被认出的牛郎织女

2.

故乡就这样在我们的身体里落地生根

天空里的阳光和鸽哨金黄，泪光盈盈

让人安身立命的月份

你要持酒敬奉困难，和一个人的往昔

你一定要从我门前的菊花边经过

与一种蓝，互为引诱

3.

所以，我多么爱我这破损之身

被十月浸泡和温润

我多么满意我的灵魂贴近地面飞行

熟知每一朵花的来龙去脉

对每一种方言都充满热爱

如同十月，与生俱来

4.

就这样保持语速，一颗果实挤在一堆果实里

怀揣小小星辰

风慢下来的时候，时光也慢下来

我有足够的时间在万事万物里停留

去触摸

它的冰肌玉骨

木　桶

唯一能确定的是，她曾经装下了一条河流

水草，几条鱼，几场大风制造的漩涡

还有一条船，和那个妖女昼夜不息的歌声

中午，在河边捶衣服的时候

她不再看河水里的倒影。也不再猜想几千年前

河流上源那个腰肢纤细的女人

怎样把两个王朝装在她的左右口袋里

在这么热的中午，她如何让自己袖口生香呢

最初，她也以杨柳的风姿摇摆人生的河岸

被折，被制成桶，小小巧巧的，开始装风月

桃化，儿女情长，和一个带着酒意的承诺

儿女装进来，哭声装进来，药装进来

她的腰身渐渐粗了，漆一天天掉落

斑驳呈现

而生活，依然滴水不漏

她是唯一被生活选中的那一只桶

茧

埋你，也埋你手上的茧

这茧你要留着，黄泉路又长又冷，你可以拨弄来玩

如果你想回头，我也好认得

爸爸，作茧自缚，你是知道的

但是你从来不说出

对生活，不管是鄙夷或敬重你都不便说出来

作为儿女，你可以不选择

作为儿女，我一辈子的苦难也不敢找你偿还

埋你的时候，我手上有茧

作为一根草，我曾经多少次想给你

一个春天

不赞你以伟大，但愿你以平安

不会再见了，爸爸，再见

一路，你不要留下任何标志

不要让今生一路跟来

钟祥文集87岁的老人死后，被儿孙遗弃在垃圾
坑边，直到报警后，拉去火葬场。

一个被遗弃
在垃圾坑边的老人

最先凉下来的是乳房，八张嘴曾经来过
它慢慢枯萎，他们渐渐遗忘
他们叫：妈妈，讨嫌的，老不死的，铲出去……

接着凉的是心脏。如一颗皱核桃
那么轻，世界一步步退出去。儿子的影子一晃
更凉了

她的四肢开始僵硬。
　"哦，我曾经的柔情蜜意哪里去了，

怎么不来扶我一把？”

旁边不知道谁烧的一堆纸灰

微风里

飘不高

她的魂魄在一边看着她尘世的身体

一言不发

伪　命　题

你词语的女人，有瓷的光泽，泥的结实

你爱她如米

你让她打开身体，生出一个个孩子

血液经过春天，就有了花的样子

这让我想把对你多少年的爱收回来

我不善于生孩子，不善于把掉在地上的米粒

捡起来

我宁愿你怀疑那一场火灾的原因

及我记录的客观性

足　　够

要一个黄昏，满是风。和正在落下的夕阳

如果麦子刚好熟了，炊烟恰恰升起

那只白鸟贴着水面飞过，栖息于一棵芦苇

而芦苇正好准备了一首曲子

从一棵树里出来，我们必将回到一棵树

　一路遥长，我们收拾了雨水，果木，以及它

们内心的火焰

　而远方的船正在靠岸

我一下子就点燃了炉火，柴禾弥漫清香

远方的钟声隐约传来

那些温暖过我的手势正一一向我靠拢

仿佛莲花回到枝头

如此

足够我爱这已破碎，泥泞的人间

手持灯盏的人

她知道黄昏来临，知道夕光猫出门槛

知道它在门口暗下去的过程

也知道一片秧苗地里慢慢爬上来的灰暗

她听到一场相遇，及鼻青脸肿的过程

她把灯点燃

她知道灯盏的位置，知道一根火柴的位置

她知道一个人要经过的路线以及意乱情迷时

候的危险

她知道他会给出什么，取走什么

她把灯点燃

她是个盲女，有三十多年的黑暗

每个黄昏，她把一盏灯点燃

她把灯点燃

只是怕一个人看她

看不见

辑
九

在村子的小路上散步

横店村的雨水

半生已逝。雨水还想清洗出一个好黎明

重叠在尘土里的脚印都流进了低处的沟渠

承接过月色，芦苇，野鸭的沟渠

在一场雨水里有它摇晃的弧度

那个在黄昏里举酒独行的人

我爱她。如爱从低处往高处飞的蒲公英

如果一个女人不提到爱就好了

她的悲伤在麦子收割后的田野上流淌

薄如蝉翼

却捅不破

这浑浊的世界到了横店村就干净起来

以便这里的人看到清晰的灭亡

2017年6月5日

甜

向白要白，向雨要水，向你要你啊

向梦要梦，要一个纸做的人

在路灯下留下影子

向天要理。向地要情

向现在要一个过去

而过去，不过是现在倒映在池水里

你告诉我，哪一种爱不曾违背天理

哪一种毒没有裹满甜蜜

这甜蜜，在你的舌尖上

如一条闪电

击溃一树盛开的合欢

如警笛，呼啸而来

如此，我怎敢向这深井般的夜晚

要一个黎明

2017年5月23日

夏天就这样来了

许久，我不和你说话了

我以为这样就能够忘记你

像风剥离于风，像水起身于水

像崭新的骨头脱离于陈旧的身体

我们在夜色里行走

多么惶恐啊，我以为我盗取了

一个完整的人间，一个摸得着的地狱

风把一个四十岁的女人吹成一个十四岁的孩子

你送我一个旋涡

我却拉进了一个星辰

我把虚幻藏在身后，陪着你

旋转

是的，一些谎言就是禁忌

比如我们身披的虚名

比如我们手上的镣铐

只有禁忌如剃不出的病症

一切都会过去，像风溺于风，水死于水

而爱，从你的前胸穿过

你的后背

像薄冰沉到春天消失后的海里

2017年05月20日

细雨里的一棵桂花树

每一朵芬芳都很细致

仿佛昏黄的灯光里，一个人凑近来的耳语

那个时候我们在异乡

雨下得也细致

如同你慢慢靠近的脚步声

只是那些急切的香味，匆匆赶路

而纠结在了一起

仿佛星群浩瀚。此刻的群山起伏是好的

群山下的河流，河流边的篝火都是好的

雨通过一棵桂花树的经脉

流往荒野里的暗河

你走后的午夜

桂花树的芬芳如刃

一棵树和它散发的香味

孤注一掷

水　　晶

此刻，这陌生的旅馆安放我陌生的肉身

一盏灯的光撕咬着另一盏的光

一场战争跟随我过了一个春天

我孤身一人深入无数夜晚

又在黎明之前拼凑起

四分五裂的魂

是的，我的悲伤不够

你的名字才能割开我

才能把这羞耻埋遍我身体

我一直带着的小小的菩萨

被我攥在手心

我真担心把它弄丢

虽然它从来不曾保佑我

如同你的名字

一直寄居在我心里

尽管它从来不曾安慰我

致 杜 先 生

窗外大雨。从五楼摔下去。

一滴碎了，它重新回到天上

再摔一次

午夜三点，我打开窗

一滴雨落在我手上，碎了

无数的雨点落在我手上，碎去

冷风穿过。

我把这所有的破碎摁进了身体

模仿晴朗地活着

我已经无能为力了

遇见你

我还是驮起了一座城市的一场大雨

在村子的小路上散步

冬天，它们都凋残了：路边的白杨，远方的田野

忍冬藤也枯萎了，一些麻雀却在那里扑腾

天空含着一场大雪，而时间还是一个谜

远方的人还在远方

他应该沿着这条路来了

他应该从我的身后拍拍我肩膀

——这样的场景太让人心碎

没有玫瑰的十二月，土灰灰的村子

我还有这样的战栗

爱

何时披星戴月

为我这狂妄附身一泣?

梨花落满头
——兼致 XF

离家多天后，旅馆院子里的梨花白了

从零零散散地白到铺天盖地地白

一个人把她的力气哭完

她坐在梨树下，一个个黄昏过去

小院深锁。看不到山，看不到水

山水都埋伏在一个人笔端

只有白泄露而出

她恍惚

她追着一个影子敲开几个人的门

她逃逸

如同白消失于白

她把头上的梨花摘下，嚼烂

有结果欲望的花都是苦涩的

她吞下去

更多的梨花落下来

一个人笔尖的山水开始绿起来了

小院深锁。

2017年03月13日

只有春天里有荒冢

春天的荒坟上开着油菜花，落着喜鹊

有人仰着脸淋雨，半截身子不在人间

她有一根火柴就走一次火

她有一口酒就喝出十分醉

她还有半条命，足够爱和哭泣

她抓住踏春人，看她表演

油菜花延绵成湖，自有溺死者

只有这荒冢是一个岛屿，住着半条命的人

她抓住路人，给他耳光

有人仕贱卖春天

有人揉烂了指甲花，贴在自己的伤口上

她把生活堵进了死胡同

她被一张盗窃来的银行卡削得血肉模糊

她追着一个人的呼叫

跌进湖里，那么明亮，如同死去

在莫愁湖边喝酒

酒是好的。水是好的。风是好的。

一个女人，她也是好的

她左心房的爱是好的。右心房的羞愧是好的

在水边拍照的情侣是好的

他们的悄悄话我听不到，也是好的

人间是好的。我却把它用坏

最好的，是我在爱你。最坏的是我已经把你

爱得不像样子

我提着酒瓶从街上走过，我这个大地上的酒徒

如同提着你啊，我的爱人，提着你的头颅

总是让人悲伤。爱和孤独

莫愁湖边的柳树发出新芽了

一个被活生生摁进春天的人对春天充满仇恨

这仇恨让她更羞愧

这羞愧促使她不停地喝酒

直到夜幕落下，风把水卷到她裙子上

如果没有人打扰

该是多幸福

如果人间没有我或者没有你该有多幸福

我们都是夜行人

却偏偏揣着白天为非作歹

战　　栗

云朵打下巨大的阴影。云朵之上，天空奢侈地蓝

这些头顶的沉重之事让我不择方向

不停行走

我遇见的事物都面无颜色，且枯萎有声

——我太紧张了：一只麋鹿一晃而过

而我的春天，还在我看不见的远方

我知道我为什么战栗，为什么在黄昏里哭泣

我有这样的经验

我有这样被摧毁，被撕碎，被抛弃的恐慌

这虚无之事也如钝器捶打在我的胸脯上

它能够对抗现实的冷

却无法卸下自身的寒

如果我说出我爱你，能让我下半生恍惚迷离

能让我的眼睛看不到下雪，看不到霜

这样也好

这样也好啊，让一个人失去

对这个世界的判别

失去对疼痛敏锐的感知

可是，谁都知道我做不到

　　爱情不过是冰凉的火焰，照亮一个人深处的疤

痕后

　　兀自熄灭

我赞美你，
约等于赞美了人间

我赞美这样的夜晚：屋顶满天星光

迎着星光枯萎的草木

在枯萎的草木里小弧度旋转的风

在这样的风里安眠的村庄

那些低矮的坟墓，坟墓里我的母亲

我赞美这样的孤独：一屋子的书

书里静默的人

他们望着我，以同一个颜色的哀伤

那些无法预料的命运

将一一穿过我

我赞美这样的爱情，不，我赞美所有的爱情

爱如回鞘之剑

多么幽暗的光啊，却被我搂得

这么紧

我赞美你，约等于赞美了人间

我赞美这样的我：有这样的夜晚

这样的孤独

这样的你

像河水回归于河流

—— 致瓜翁

我提着一颗心在春天行走，风从河面刮来

河水之下的星群依然沉默着。鱼群银白，闪烁有声

那些在夜晚才打开的赞美如同陷阱

比如夜来香，蒲公英。比如隔着这些望见的灯光

我爱你！像巫术打开的预言

一个人背着石头上山。像中空的石头装进了河流

我们的轮回不敢放在磨盘上

我不敢供出自己的八字，也不敢摊开自己的掌纹

可是河水不停。我居然在一片水里找到你

我说：你看到的假象，这残疾之身不是我

这尘世里流亡了四十年的人

那一瘸一拐说不出话的人不是我

水 之 湄

临水梳妆的两支芦苇，我将赠予你

把这溱之水，洧之水

系在芦苇上一并送给你

风中的芦苇

我看到了它的摇曳。晃动的芳香

它的孤独和优美让我不能入睡

我抓住了一瓣它风中的飞花

它的轻，它的媚让我不能入睡

还有它尖儿上的月光

它枝丫间的月光

它身影里的月光

月光正好，几千年的月光刚刚好

一只白鸟，驮载一截雪一般的哀怨

穿过月光穿过流水

临于芦苇浮动的暗香

白鸟一言不发，借着月光做梦

它的梦做了多长/芦苇不知道，流水却知道

这些，我一起送给你

附上我长长的水袖

和用芦管做成的长笛

那只邮箱，绿漆斑驳

清晨的雨敲打着它。敲打着它旁边梧桐树的叶子

叶子都黄了

行人稀少，也许有人窝在家里写信

我如同被它拉过去的，把伞遮在它头上

这个衰老的邮箱，也许很久不被投进一封信了

那些绿色的时光沉寂了下去

我在这异乡遇见它，如遇见年少的亲人

雨落满我的肩

一些早就预备凋零的叶子此刻落下来

雨水隐匿了哭泣的事物

我还是忍不住轻轻拍打它

想从它空虚的身体里掉出一封信

谁写的都可以

如同我曾经耐心地给这个世界写情书

而终于得到一个回应

辑
十

只有爱让万籁俱寂

我只能把自己包裹得更紧

我只能把自己包裹得更紧，把闪电扼死在喉咙

——我对自己失望透了：一企及爱，就浑身疼痛

除了死亡，无以医治

哦，这寒冷的，金黄的死亡密布在我身体里

那些都是幌子吗：我赞美的春天，秋季

我爱过的大地上每一处的艳丽，衰败，甚至葬礼

一个人，他来的太早了：我还没有四十岁

还没有完成对这个世界的好奇

这让人心碎的谎言，我不忍点穿

你能让我糊涂　点该多好：把怜悯供奉起来

如同供奉人性

——我不会把我可怜的人性给你，不会

这个黑夜长于白天的冬天里，我如一块顽石

在内心举起火把，但是决不把自己照亮

我不让你看见我

这样你就是另一种意义上的相对不存在

看　地　图

首先找到一个省份，然后是一个城市

她量了量：从拇指到二指，不过一寸

她笑了笑，手指间有拽着他衣襟的幻觉

——唉，那个时候跟着他走在异乡的街头

阳光在他肩头跳跃

像一些鸣叫的小麻雀

过马路的时候，他一把抓住她

这疼痛在她的身体里留了下来

有时候，她在他抓她的那个地方咬一口

她试了多个方法，也不能把两个地名

完全叠加在一起

——何必遇见呢？她点燃烟

把余下的日子都安排在灰烬里

但是他那里是晴天

他那里为什么一直是好天气呢

一个人的村庄

1.

那时候杜拉斯走在马孔多的街头，如同我走在横店一样

最后的风一定会吹起，时间已经不多

那时候我们抱抱蓝天吧，如同我一直梦想抱着你

我们被许多事物磕绊，缠绕，抱团落进深秋

哦，你看，我们，麻雀儿，白杨树，荒草，小麦种子

我们成群结队，仿佛共同抵御，集体撤退

命啊，有一截就这么袒露着，如一块石头渐

渐呈现褐色

　　天光落下来。

　　我时常有一种冲动：举手投降

　　2.

　　对于一个一直向北奔跑的人，一定会遇见雪，一定会在雪里

　　长久游荡

　　你知道的，我有一件风衣穿了几十年了，固执的红

　　雪大片大片落下，它是那么红。其实我可以脱下来

让我肌体的黑成为诱饵，把生活的一条尾巴
钓上来

这是一种犯罪的行径，而高粱酿成的酒只差一
个夜晚了

醉态是一种自我消遣

银行卡的密码只有自己愿意泄露

那时候要买好墓地

3.

最好的时节是在春天，湖水又深又蓝，可以放
一场电影

一群人从街道走过，各种主义云集。一个女人

头顶一棵树，枝叶不停地落，不停地往下落

街道后面，一片银杏树覆盖着一个男人，光着膀子

他的园子里长满了茅草，一只狐狸一飘而过

风一吹，湖水荡漾，他消逝了，它也消逝了

喂！谁在喊

喝　茶

尸体在堆积。窗外，屋内。脚底，杯内

商朝还有明天一日，花朵开一朵是一朵

哦，坐在对面的另一个朝代，街道上满是流民

她把乳房装进圆圆的钢圈，欲望已经成疾，在

她的小腹内

尸体从温暖到冰冷

我们还可以做许多事情，有人烧了大量纸钱

去阴间买一间房子

她摊开手，石头都落进了水里

但是不会有人摸着石头过河了，城门已经关了

我们在尸体堆积的荒原上，虚无成为不可击

破的实体

无能为力的时候就要笑

面对死亡，悲伤总是有幸福的模样

不要以为你就是

空的

只有爱让万籁俱寂

只有爱让万籁俱寂，只有爱让星空出现

我站在屋顶看你城里渐次亮起的灯火

风悄悄滑过女贞树

我们隐忍着，让河流穿过身体的荒原

穿过石头里古老的梵文

哦，你说过的，我们要一起到达永久

明哥，只有永久让我心生悲，也生慈

星空下是我的村庄

它曾经有过好风好雨，也有歉收的年成

我在这里浪费了半生了

而爱，让我重新获得清晨，花朵，蜜蜂

让我们在无限的渺小里

获得安宁

真是不可思议

2016年10月13日

白 白 地 白

就这样袒露，在这样深的夜

月光白出叮当之声，一叩，就有富饶的情欲回响

我的身体刚刚经历了一场暴雨，沟壑纵横

欲望如一颗葡萄失去了肉身，只有皮含在嘴里

吐与不吐，犹豫不决

一直白，白到远方。城市和事故

白进春风深处

我们事先在那里把骨头取出来了

才能取黑饮水，把命运始终放在祭台上

大地之大，却不够放我一具肉身

被这样的月光炙烤

一个人在屋顶仰望星空

我被荒唐的岁月安慰过

所以我还给你更深情的荒唐。也许不仅如此

我被这无垠的光阴伤害着

所以交给你更广袤的光阴。也许不仅如此

那时候我们放下玫瑰也放下斧头

那时候我们背道而驰仿佛为了相遇

而相遇必饱含泪水。从无边的荒原走过去

我们被重新洗浴

而我如此坚硬的心肠，把一个人留下来

除了刀刻就是火焰

此刻，是我嚎叫的时刻

而时空依旧光滑，我们没有裂隙可以藏身

你赞美这星空就是赞美我

哦，赞美！你会憎恨空洞的词汇

像风说不出在山间，在河流上，在时间的表面

我们无能为力地相爱着

像灰烬把灰烬挤到高处

如果憎恨。我要你憎恨庞大的光亮

憎恨被掩盖的细节

憎恨一切不能自由的生长，憎恨我

——我爱的丰满和缺口都是谎言，都是

还有：我们以为了解的

都在了解以外

你在远方把你的名字给了星群：火是你，水也是

土是你，木也是

我平白无故相信这些相生相克

因为我对着苍穹乱抓的手会放下

只有神话嵌进我们的名字留下

大 雨 如 注

大雨如注，读一个人的诗歌

后来不知道读到哪里了，没读的好像也见过

他在一个人的时候制造幻象，迷药

这两样加起来能救人也能毒死人

我也是被埋在雨水中的一个，还有的正在走来

已经报出姓名

看来，我做不了世界的异己分子

心总是吊在枝头等待气枪

他知道我这样。他依旧气喘吁吁地写诗歌

直到世界低头。即使不情愿地低头

大雨如注，在幽暗的房子里读他的诗歌

这个沉默的破坏者

没有人敢对他多一点质疑

我的眼睛被这些蚂蚁般的文字破坏着

是的，他文字中最细小的部分

就这样开始毁灭我

而不仅仅是我

2016年8月4日

秋 日 有 寄

　　风月都入了你的怀，姑娘，你捧着苹果

　　过了破损的木栅栏，被热血浸染过的事物袒

露于原野

　　只有这样的风，我想和你平分

　　这个时节的爱和死亡有同样的金属光泽

　　我们怀揣过的事物在夕光里下倾入海

　　你终将要承受废墟

　　废墟上的蝉鸣和赢弱的蔓草留给你，给你词

语里的光明

　　我将无所事事地度过这个秋天

保持对美酒和少年的热忱

你知道的，乌鸦不会停下呱噪，我们在死亡之上

预算新的死亡

卑鄙是一个小时代的出入证

每一瓶啤酒上都有小幅度的危险

一些已经掉下去的人不知道自己身在何方

哦，姑娘，我因为你的诗歌爱着你

爱着我们肉体上共同的缝隙

前一代已经垮掉，哦，姑娘

我们注定前赴后继

2016年9月17日

身体里的子弹

我的身体里有一颗子弹，对准我的绝望

被命运通缉了40年的危险分子，她不去异乡

她不隐姓埋名

只有我的拳头一次次在春天落空，撕不开夜色

我身体里的子弹，也对准我的欲望

我不敢要你的回报。我和每一个遇见的人拥抱

也拥抱每一朵花：这天生的仇敌

这掩饰了身份的流民，这想放火烧天下的女人

我对你说的话从来不完整

下一句我说给一百个人听，他们如果当真

就要承担我的罪行

在我的许多梦里，你从一具白骨开始走向人世

你的名字是我取的，可是我不敢喊你

我不敢喊你

我喊着许多名字，不管它们

是否安慰我的心

圆　满

你没有来的这个夜晚是圆满的

一只虫鸣从开始到结束是圆满的

风起自树梢，滑到地面，消逝是圆满的

一支烟灰落下的弧线是圆满的

我是说从村子的一头走到另一头，在月色里看到生

在坟场里看到死，这也是圆满的

昨天我们说了许多话，从陌生到爱情

你的不相信是必要的

我们寂寞了太久，还将寂寞下去

我们虚拟了相见，也虚拟了相爱，这疼痛

是必要的

我们同时把这赌注变轻

互相抽出不一样的部分

当我看见你沧桑的脸，我以为

这也是圆满的

在成吉思汗广场上

我以为卷曲身体，风就吹不进身体的缝隙

天空的蓝就落不进胸膛

我以为卷曲着，是把直线的梦团成一个圆

而远方，依旧泛滥

如果真的在这里住下，我还是害怕

离天空那么近啊

我的颓败无处逃逸

我以后的孤苦，惆怅怎么安放？

但是云依旧漫卷，坐在成吉思汗广场上

我被时光侧漏

树影在手臂上晃来晃去

如同我从湖北一路走过来的模样

我卸下心里的千军万马

成吉思汗和我一样

从我身上吹过的风

曾经吹过他马头和他的毡房

跟　　随

横店村的凌晨四点，我想起你

巨大的雨点穿过月光敲打窗棂。

那些睁着眼睛的事物：夜来香，忍冬，栀子花

看着另一些无法睡去的事物：吉他，啤酒杯，

一个人的照片

是的，我预备了一辈子

前两年和你遇见，以后的二十年用来怀念

如果能活得久一点就更好了

我们一定要重逢。一定要有一次让我的手

抚摸你的白发

而现在，横店村的凌晨四点里，我想起你

想起你在比我高一个纬度的祖国

你的时钟比我慢一分，我的呜咽刚好抵达

就会忍住

如忍着病痛，忍着嫉妒

忍着毁灭之心

常青藤在我窗口缓慢爬行。凌晨四点，我想起你

它的绿被浪费

同时被自己关住

我想起你，是因为刚刚在梦里听见你唱歌

那么多人鼓掌

你没有看见我

你是新鲜的

像云遇上云：我们撞击

以白击白，以裂隙碰击裂隙，以虚无撞着天空

是云遇上云！是石头模样的云

陨石一样的云，从云海里翻腾而上的云

比白更白，白到疼，疼到黑：我们闭上眼睛

以黑对拳

有云就有风。把命运倒扣的风

是的，我允许自己在风里走下去，在风里发声

我允许风不停削我骨，把所有的头颅

按下

但是我不忏悔：我们的身上已经有那么多匕首

你是新鲜的疼痛

也是新鲜的愈合

我的哀嚎是群峰的涛声，是不息的江流

是抱起群山因为漏下的汽笛

是你不在身边山花粗鲁地绽开

是夏天已经到来却没有到来的春天

是一路洒下的蜜

是所有悲伤的歌

我无话可说。

可是，我还是要错上加错

盐上加盐，在咒语上画上新符图

奇怪这么久了，我还四肢健全

2016年5月12日

因为爱你，

我原谅我不愿奉献的心

今夜我原谅春天过去了没有打开的花

原谅啃食花瓣的虫，原谅残缺，原谅破损

原谅偷了一个苹果的孩子，原谅他的颤抖，悔恨

原谅生下私生子的少女，原谅她的恐惧

不，不只是原谅

如果有一个面包，我要给他

如果有牛奶，我要给孩子

如果在这之外，我还有多余的爱，我要给他们

——给枯了的河床上的蚯蚓和秋风，石头和
枯萎

给夜幕里，逆风行走的逃犯：不管逃债或逃婚

给打不出镰刀的铁匠，和他不安于生活而出轨
的妻子

给写不出故事结尾的小说家

给一首好诗歌没有写出就已经白头的诗人

给清明

给一个个做了懦夫的勇士

给你爱过又忘记的女子，给忘记你的人们

今夜我打开自己挥毫泼墨：画山画水画人间

画一条河九曲十八弯。

也画你：你在晨曦里和在黄昏里的不同

画你穿

黑衬衫和穿白衬衫的不同

画我们遇见的时候，时间波动频率的不同

画我自己，在遇见你的时候，眉梢的不同

今夜我原谅世俗里泥泞不堪，原谅走失在人

间的爱情

包括明天的我们

今夜我原谅我残疾的身体和不想奉献的心

原谅我的污垢，你的多情

原谅正在赶来爱你的女子，并且告诉她们

我爱她们

今夜我要沐浴

然后长久沉默